FVA

Hans Christoph Buch in der Frankfurter Verlagsanstalt:

TOD IN HABANA, Erzählung

REISE UM DIE WELT IN ACHT NÄCHTEN, Roman

*BARON SAMSTAG ODER DAS LEBEN
NACH DEM TOD, Roman*

*BOAT PEOPLE. LITERATUR ALS GEISTERSCHIFF,
Berner Poetikvorlesung*

HANS CHRISTOPH BUCH

ELF ARTEN, DAS EIS ZU BRECHEN

ROMAN

FRANKFURTER VERLAGSANSTALT

*»Mit jeder Drehung der Schraube drang ich tiefer
ins fahle Innere des Eisbergs vor. Mit jeder
Schicht veränderte sich meine Sicht. Der Eisberg
wurde für mich zu einer Person, und je lichter
er wurde, desto stärker fühlte ich so etwas
wie Verlust, ja Vergänglichkeit.«*

Jules Verne: Die Eissphinx

INHALT

VORSPANN

1

Es gibt viele Arten, das Eis zu brechen: Durch Auf-
hacken und Zerkleinern des Eises mit dem Schiffsrumpf zum Beispiel, indem man Wasser von Back-
bord nach Steuerbord pumpt und so das Schiff in
schlingernde Bewegung versetzt. Wenn das nichts
nutzt, nimmt der Eisbrecher *Almirante Irizar*, 1978
auf der Wärtsila-Werft in Helsinki gebaut und getauft auf den Namen eines argentinischen Seeoffi-
ziers, der 1903 der im Packeis eingeschlossenen Nor-
denskjöld-Expedition zu Hilfe kam, Anlauf und
schiebt sich mit seinen 4.600 Bruttoregistertonnen
auf die drei Meter dicke Eisdecke, wobei der Kapitän darauf achten muss, dass das Schiff nicht aus-
schert und wie ein gestrandeter Wal zur Seite rollt.
Krachend zerbirst das Eis und gleitet polternd am
Schiffsrumpf entlang, dessen stählerne Bordwand
die Besatzung von minus zwei Grad kaltem Meer-
wasser trennt, das aufwallt wie siedendes Teewasser,
bevor es von flüssigem in festen Zustand übergeht.
Dafür ein Beispiel: *Das Eismeer oder die gescheiterte
Hoffnung* hat Caspar David Friedrich sein 1824 ent-
standenes, berühmtes Gemälde genannt, das keinen
Schiffsuntergang, sondern das Scheitern seines

Lebenstraums zeigt: Nur das Heck des Schiffes mit dem Maststumpf sowie Teile der Takelage ragen aus ineinander verkeilten Eisschollen hervor, die je nach Blickwinkel die politische Restauration oder die Kälte und Gleichgültigkeit der sozialen Umwelt symbolisieren. Aber auch eine persönliche Lesart des Bildes ist möglich, weil der Maler in jungen Jahren beim Schlittschuhlaufen ins Eis einbrach und von seinem kleinen Bruder gerettet wurde, der dabei ums Leben kam: Ein Kindheitstrauma, das Caspar David Friedrichs Welt- und Kunstanschauung prägte. Dazu passt, dass Franz Kafka das Buch als Axt für das gefrorene Meer in uns bezeichnete und dass der Dichter Wladislaw Chodasewitsch im Knirschen russischer Konsonanten den Zusammenprall aufeinander geschobener Eisblöcke zu hören glaubte: Ein Vorbote des Tauwetters, das einer Literaturepoche den Namen gab und den Kalten Krieg beenden half.

2

»Es gibt elf Arten von Eis in der Antarktis«, sagte Korvette hoch zwei, so genannt, weil er Corbetta hieß, Korvettenkapitän war und in seiner Freizeit Korvetten malte: »Eissuppe, Eisbrei, Plätzcheneis, Pfannkucheneis, Torteneis, Tafeleisberge, Eisburgen, Eisschlösser, Eispaläste, Eispyramiden und Eiskathedralen, aus deren Rissen und Spalten violettes Licht strahlt, als würden im Inneren bengalische

Feuer abgebrannt. Das Eis schmilzt von unten ab, und wenn ein Eisberg seinen Schwerpunkt verlagert, löst er eine Flutwelle aus, die Schlauchboote kentern lässt, bevor er seine mit Rotalgen bewachsene oder wie Roquefort marmorierte Unterseite nach oben kehrt.«

»Salzwasser gefriert bei minus 2,2 Grad«, fuhr er fort und klirrte mit den Eiswürfeln in seinem Whiskyglas: »Es gibt elf Eissorten, wie gesagt, und ebenso viele Arten, das Eis zu brechen, außer man ist mit einem atomgetriebenen Eisbrecher unterwegs, der durch Verwirbelung Blasen erzeugt, die das Eis porös machen, oder kochend heißes Wasser ausstößt, das die Eisdecke schmilzen lässt – Methode zwölf und dreizehn. Ich spreche von Meereis, wohlgemerkt, nicht vom Inlandeis der Antarktis. Wissen Sie, was ein Nunatak oder ein Trockental ist? Und kennen Sie den katabatischen Wind, der die Eisdrift in Bewegung setzt und im antarktischen Sommer die Fahrrinne durch das Weddellmeer offenhält?«

»Als ich am Südpol überwinterte«, seufzte General Leal, der Nestor der argentinischen Antarktisforschung, »gab es keine atomgetriebenen Eisbrecher, nur amerikanische und sowjetische Atom-U-Boote, die um ein Haar kollidiert wären, als sie sich im Weddellmeer begegneten, unter dem Eis natürlich. Übrigens war es am Südpol mollig warm. Unsere Wohncontainer in Scott Base waren dermaßen überheizt, dass wir nackt herumtollten und einander mit

Schneebällen bewarfen. In Scott Base gab es einen Psychotherapeuten, genannt *Shrink*, zur Betreuung der Huskys, die *unruly* waren, weil sie keinen Auslauf hatten.« Später habe man die Schlittenhunde durch Motorschlitten ersetzt, die in Gletscherspalten fielen, weil Motorschlitten, anders als Huskys, Risse im Eis nicht riechen können. Daran sei Greenpeace schuld, fügte General Leal hinter vorgehaltener Hand hinzu, eine internationale Organisation, die von Kommunisten und Homosexuellen unterwandert sei. Leider seien der Armada Argentina seit dem Malwinen-Krieg die Hände gebunden, aber unter der Militärjunta habe man gelernt, scharf durchzugreifen und subversive Elemente nicht mit Samthandschuhen anzufassen.

»Das Problem im Zivilleben ist der Mangel an Disziplin«, warf ich ein, General Kühlmann-Stumm zitierend, den Erforscher des Zivilverstands in Robert Musils *Mann ohne Eigenschaften*, ohne zu bemerken, dass ich mich in vorauseilendem Gehorsam dem Militärregime unterwarf. »Aber ich wüsste trotzdem gern, warum die *Almirante Irizar* seit einer Woche im Zickzack durch eine immer enger werdende Fahrrinne fährt, während die Sonne wie eine Flipperkugel, die niemals Tilt macht, um den Horizont rotiert. Wohin geht die Reise?«

Der Kurs des Schiffes unterliege der Geheimhaltung, antwortete Korvette hoch zwei in scharfem Ton, Debatten darüber seien verboten an Bord. Er sei menschlich enttäuscht von mir, setzte er vertraulich hinzu und blickte versonnen in sein Whiskyglas, als sei dort, zwischen Eiswürfeln, die Antwort auf meine Frage zu finden. »Gerade Sie als Reiseschriftsteller sollten wissen, dass die kürzeste Verbindung zwischen zwei Punkten keine gerade Linie, sondern eine Ellipse ist. Haben Sie schon mal was von der Krümmung des Universums gehört?«

Erstes Buch: WER BIN ICH?

RUSSLAND NACKT

1

»Sie werden Gelegenheit haben, Schaschlik zu essen«, rief Wladimir Slonimski, von Freunden Wolodja genannt, und beugte sich so weit vor, dass seine Hornbrille auf die von Alkohol gerötete Nase rutschte und ich in seine von geplatzten Äderchen marmorierten Augen sah. Um beim Thema Alkohol zu bleiben: Vor uns, auf einem mit Plastikblumen dekorierten Couchtisch, standen eine Karaffe Kognak, eine mit Weinbrandbohnen gefüllte Kristallschale und ein von Kippen überquellender Aschenbecher, und Wolodja zündete sich eine Zigarette an, keine Papirossa mit dem Emblem des von Puschkin besungenen ehernen Reiters, sondern eine Peter Stuyvesant, der Duft der großen weiten Welt, den Peter der Große als Zar und Zimmermann in Holland geatmet und per Ukas in Russland eingeführt hatte.

Wladimir Slonimski war Hauptmann des KGB, aber das wusste ich damals noch nicht, ich wusste nur, dass er bei Lew Kopelew Germanistik studiert hatte, und ahnte instinktiv, dass irgendetwas nicht mit rechten Dingen zuging, denn angeblich arbeitete

Wolodja – er bestand darauf, dass wir ihn beim Vornamen nannten – an einer Geschichte der Westberliner Literatur und hatte uns, den Hörspielautor Martin K., die Malerpoetin Sarah H. und mich, den Kritiker H. C. Buch, nach Moskau eingeladen, um Gespräche zu führen über Westberliner Literatur. Bekanntlich war Deutschland nicht nur zwei-, sondern dreigeteilt, und die Literatur der selbstständigen Einheit Westberlin, kurz WB genannt, war ein unbeackertes Feld, dessen Erforschung von aktuellem Interesse war, seitdem sich dort junge Autoren zu Wort gemeldet hatten, die lautstark die Anerkennung der realen Gegebenheiten forderten: Damit war der antifaschistische Schutzwall gemeint, den nicht die UdSSR, sondern die DDR errichtet hatte – auf diesen kleinen Unterschied legten unsere Gesprächspartner in Moskau großen Wert. Das Wort »seitdem« bezog sich auf das Jahr 1968, dessen Bedeutung die Kremlherren sträflich ignoriert hatten, ebenso wie die Anziehungskraft eines Desperados namens Che Guevara auf die politisch noch ungefestigte Jugend der Welt, eine Fehleinschätzung, die der Chefideologe Suslow freimütig eingeräumt und nachträglich korrigiert hatte.

Hätte ich gewusst, dass Wladimir Slonimskis Karriere beim KGB mit dem Diebstahl eines handgeschriebenen Briefs von Bertolt Brecht an Boris Pasternak begonnen hatte, den er nach der Wende meistbietend auf einer Auktion versteigerte, hätte ich das Büro des Schriftstellerverbands empört verlassen, dessen Wand kein Breschnew-Bild, sondern ein Porträt von Tolstoi schmückte: eine Bleistiftskizze genauer gesagt, angefertigt von Pasternaks Vater, dem Maler Leonid Pasternak, die den alten Tolstoi im Bauernhemd zeigt, wie er mit der Sense Heu mäht: »Er dachte an nichts anderes und war nur von dem einen Wunsch beseelt, nicht hinter den Bauern zurückzustehen und seine Arbeit so gut wie möglich zu verrichten. Er hörte nichts als das Sausen der im Halbkreis geschwungenen Sensen und sah vor sich die sich langsam und wellenförmig über die Schneide neigenden Gräser und Blumenköpfchen und ganz vorn das Ende der Reihe, wo Erholung winkte.«

Daran musste ich denken, während Wladimir Slonimski sich und uns Wassergläser vollschenkte mit Kognak, keinen Hennessy oder Courvoisier, sondern armenischen Kognak Marke Ararat, und dazu Karamellbonbons und Zigaretten anbot, Peter Stuyvesant Made in FRG, so hieß die Bundesrepublik auf Russisch, und lächelnd die Goldkronen entblößte, die er sich statt der in Russland üblichen Goldzähne von einem kommunistischen Zahnarzt in Westberlin zum Vorzugspreis, vielleicht sogar gratis, hatte anpassen lassen. Und während der KGB-Mann Rauchkringel blies, denen er sinnend nachblickte in Gedanken an den Duft der großen weiten Welt, der jetzt sein Büro erfüllte, starrte ich durch nikotinhaltigen Nebel auf das Bild des Sensenmannes in Bastschuhen und Bauernkittel, den mein Lehrmeister Wiktor Borisowitsch Schklowski als Schüler in

Jasnaja Poljana besucht und über den er gesagt hatte: »Als Tolstoi starb, schrieb seine Hand noch.« Beim Blick auf den adligen Bauernbefreier, der gebückt die Sense schliff, dachte ich an eine von Lewin, dem Gutsbesitzer in *Anna Karenina*, inspirierte Szene in einem anderen kanonischen Text, dessen Autor Persona non grata war in der Sowjetunion: Alexander Solschenizyns Erzählung über den Gulag-Häftling Iwan Denissowitsch, der den Auftrag, eine Mauer zu bauen, die bei Tauwetter nicht wieder einstürzt, nur erfüllen kann, indem er die Kommandantur hintergeht und einen Sack mit Mörtel unter der Bettdecke wärmt: »Schwupp, den Mörtel! Schwupp, den Mauerstein! Angedrückt. Geprüft. Mörtel. Blockstein. Mörtel. Blockstein ... Der Brigadier hat zwar befohlen, mit dem Mörtel nicht zu sparen. Über die Mauer und weg damit. Aber Schuchow tut jede nicht gut gemachte Arbeit leid, und er fürchtet, er könne etwas verderben. Selbst nach acht Jahren Lager kann man ihm das nicht abgewöhnen. Schuchow – mag ihn das Begleitkommando jetzt mit Hunden hetzen – tritt noch einmal zurück und schaut sich um. Von rechts, von links. Die Augen dienen als Wasserwaage – gerade!«

Nikita Chruschtschow soll nach der Lektüre des Texts geweint und Suslow, der die Druckerlaubnis nur widerwillig erteilte, anvertraut haben, er habe nicht gewusst, wie fleißig und aufopferungsvoll die Lagerhäftlinge arbeiteten, während er im Politbüro von Drückebergern und Bummelanten umgeben sei.

2

»Die Zeitschrift des Komsomol ist ein Forum für
junge Talente«, erklärte der stellvertretende Chefredakteur, der uns mit Kaffee und Konfekt in seinem Moskauer Büro empfing. »Greift zu, Genossen!« – Wir sind keine Genossen, hörte ich mich
sagen, sondern parteilose Mitglieder des Schriftstellerverbands, die sich vor Ort, aus erster Hand, über
das literarische Leben in der UdSSR informieren
möchten. Und Sarah, die mich begleitende Malerpoetin aus Westberlin, wollte wissen, ob die Zeitschrift des Komsomol nur Texte von Komsomolzen
veröffentliche. »Die Zeitschrift des Komsomol ist ein
Forum für junge Talente«, wiederholte der Redakteur. »Sie steht allen Autoren offen, unabhängig von
Nationalität, Rasse, Religion oder Parteizugehörig-
keit.« Über Annahme oder Ablehnung eines Texts
entscheide einzig und allein dessen Qualität. Der
Hauptteil der Zeitschrift sei der Lyrik und Prosa ge-
widmet, ein anderer der Diskussion: Dort würden
Bücher und Texte junger Talente von alten Meistern
kritisiert.

Sarah fragte, wie aus der Pistole geschossen, ob es
auch eine Rubrik gebe, in der junge Autoren die
alten Meister kritisieren, und wie Büroklammern ge-
furchte Sorgenfalten erschienen auf der Stirn des
Redakteurs. Er dachte, er habe sich verhört, und erst
nachdem er sich Sarahs Frage umständlich hatte er-
läutern lassen, setzte er zu einer gewundenen Ant-

wort an, der außer der Bereitschaft, die Sache zu überdenken, nichts zu entnehmen war. »Sie haben eine sehr gute Frage gestellt«, sagte er schließlich, »eine scharfsinnige Frage!« Statt eine Antwort zu geben, schenkte er Wodka ein und schlug vor, auf die ihm gestellte Frage zu trinken. »Na zdorowje! Es lebe die Freundschaft zwischen den Völkern der UdSSR und dem Volk von Westberlin!« Der Rest des Gesprächs ging in Gläserklirren und Gelächter unter.

Es war elf Uhr morgens, Ende August, nein Anfang September nach der neuen Zeitrechnung: Lenin – oder war es Kerenski? – hatte den julianischen durch den gregorianischen Kalender ersetzt, und wir waren volltrunken, als wir vor einem Plattenbau hinter dem Arbat aus dem Auto stiegen, einer schwarzen Tschaika-Limousine. Der Dichter und Romancier, Sänger und Liedermacher Bulat Okudschawa erwartete uns zum Tee, und diesmal gab es wirklich Tee, den Okudschawas Frau Olga aus einem Samowar aufgoss. Über dem Schreibtisch hing ein signiertes Foto von John F. Kennedy, und alles in der bescheidenen Zwei-Zimmer-Wohnung atmete Geist, im Gegensatz zum Ungeist sowjetischer Amtsstuben mit dem obligatorischen Porträt von Breschnew, der mit seinen buschigen Augenbrauen und spitz zulaufenden Ohren einem nordischen Vielfraß ähnlich sah. Der neue Generalsekretär hatte sich den seit Stalins Tod verwaisten Titel selbst zugelegt und war beim Erscheinen seiner Kindheitserinnerungen als genialer Schriftsteller gepriesen worden: Anders als vom Ausland ferngesteuerte Dissidenten, schrieb die Parteizeitung *Prawda*, sei er fest im Volk verwurzelt und kenne dessen Nöte und Sorgen von unten auf.

»Ich werde als Verräter beschimpft«, murmelt Bulat Okudschawa und bläst vorsichtig in den aus seiner Teetasse wallenden, gekräuselten Dampf. Die *Literaturnaja Gazeta* frage allen Ernstes, wie er es habe wagen können, einen historischen Roman über die *Narodnaja Wolja* zu schreiben, obwohl sein Vater Georgier und seine Mutter Armenierin war – so als sei es Nichtrussen verboten, sich mit russischer Geschichte zu befassen. »Das ist schlimmer als Chauvinismus – es ist Rassismus pur!« Okudschawa stimmt seine Gitarre und summt das Lied vom Pappkameraden, das ihm die Feindschaft der nachstalinistischen Bürokratie eintrug:

Es lebte einmal ein Soldat,
Ein tapfrer, wunderbarer!
Jedoch ein Spielzeug, bunt und platt,
Ein Pappkam'rad nur war er.

Er flehte ohne Unterlass
Ihm ja nichts zu ersparen.
Rief: Feuer! Feuer! und vergaß,
Ein Pappkam'rad nur war er.

Ins Feuer! Vorwärts! Oder nicht?
Los stürmte wunderbar er.

Verbrannt für nichts und wieder nichts –
Ein Pappkam'rad nur war er.

3

Nach dem von weiteren Alkoholexzessen begleiteten
Mittagessen – unser Führungsoffizier gab keine
Ruhe, bis wir auf den Weltfrieden, die Völkerfreund-
schaft und die deutsch-sowjetische Freundschaft
angestoßen hatten – zogen wir uns in das an der
Gorkistraße gelegene Hotel Peking zurück, wo ich in
einem mit Drachen und Tigern verzierten Doppelbett den versäumten Schlaf nachholte. Um fünf
brachte uns der Chauffeur des Schriftstellerverbands – vielleicht handelte es sich auch um den
Staatsverlag oder das Kulturministerium, drei Filia-
len ein und derselben Zentrale – zur Witwe des kürzlich verstorbenen Dichters Lukonin. Die mit Plüsch-
sesseln und Orientteppichen ausstaffierte Wohnung
mit Blick auf das Kinderkaufhaus Djetskij Gum
und die Lubjanka, in deren Arrestzellen die Tscheka
alias GPU alias NKWD Zehntausende Unschuldige
zu Tode gequält hatte, deutete darauf hin, dass der
Verstorbene ein Parteibarde gewesen war, dessen Orden in Vitrinen im Flur verstaubten, neben gerahm-
ten Fotos, auf denen der Dickbauch Arm in Arm mit
Nikita Chruschtschow, Michail Scholochow und
Marschall Budjonny zu sehen war.

Der Status des unbegabten, aber hochbezahlten Staatsdichters ließ sich ablesen an der Garderobe seiner Frau, einer Ex-Tänzerin des Bolschoi-Balletts, die einen Zobelpelz um die Schultern und ein Perlencollier um den Hals gewunden hatte, das perfekt kontrastierte mit ihrem weißblonden Haar. Noch exquisiter war ihr Duft, eine Mischung aus Chanel Nr. 5 und Achselschweiß, der in meine Nase stieg, während sie mir, unter vielversprechendem Klirren der Ohrringe, ihre Wange zum Kuss entgegenhielt. In den intimen Körperduft mischte sich ein süßlicher Blutgeruch, der mir den Verstand raubte.

Die Hausherrin servierte Tee, und wir begutachteten die kalligraphisch beschrifteten Ehrenurkunden und auf Samtkissen gebetteten Medaillen ihres Mannes, der nicht nur den Frieden, sondern auch den Großen Vaterländischen Krieg besungen hatte, die Wolga, die Lena und den Ob, nicht zu vergessen die Heldentaten des Kosmonauten Gagarin, dessen in den Plastikeinband gestanztes Profil die Umschläge seiner Bücher zierte. Lukonin war ein Staatsdichter erster Güte, der bei der Maiparade als Leiter der Schriftstellerdelegation an den auf dem Lenin-Mausoleum postierten Kremlherren vorbeidefilierte, wobei ihm trotz seines Übergewichts keine Kurzatmigkeit anzumerken war. Drei Tage danach wurde er, erschöpft von den Feiern, bei denen Ströme von Krimsekt flossen, ins Regierungskrankenhaus eingeliefert und erlag einem durch Bewegungsarmut, Alkohol und Nikotin herbeigeführten Herzversagen.

Lukonins sterbliche Hülle wurde auf dem Nowo-
dewitschi-Friedhof beigesetzt, in Anwesenheit von
Vertretern der bewaffneten Organe, die im Gleich-
schritt hinter dem von Funktionären des Schriftstellerverbands geschulterten Sarg marschierten.
Das war erst wenige Monate her, und die Witwe
hatte den Verlust noch kaum verkraftet; doch die
Tatsache, dass sie ihre private Telefonnummer in ein
mir überreichtes Buch mit Gedichten ihres Mannes
kritzelte, ließ andere Rückschlüsse zu.

Ich wälzte mich ruhelos auf meinem Doppelbett im
Hotel Peking, und erst zwei Stunden später, nachdem ich gründlich die Zähne geputzt, heiß und kalt
geduscht und mich rasiert hatte, wählte ich die Telefonnummer. Die Witwe des Parteibarden schien
meinen Anruf erwartet zu haben, und die deutsche
Redensart, der zufolge bei Nacht die Bürgersteige
hochgeklappt sind, galt auch für das ausgestorben
wirkende Moskau, durch dessen menschenleere
Straßen ein Taxi mich zu der angegebenen Adresse
fuhr. Der schnauzbärtige Chauffeur, ein Kalmücke
oder Tatar, zwinkerte anzüglich und verlangte einen
überhöhten Preis, den er auch erhielt, und eine behandschuhte Damenhand bugsierte mich durch
die spaltoffene Tür ins dunkle Treppenhaus. Schon
im Aufzug nestelte die Dichterwitwe am Gürtel meiner Hose und befingerte den darunterliegenden
Reißverschluss, während sie mich, meinen Hals mit
Küssen bedeckend, durch den Hausflur zu ihrer
Wohnung geleitete, deren in den Scharnieren quiet-

schende Tür sich geräuschvoll hinter uns schloss. Wir schafften es nicht mehr bis ins Schlafzimmer, denn wie eine sibirische Tigerin fiel die Dichterwitwe schon im Korridor über mich her, um ihren seit Monaten, vielleicht seit Jahren aufgestauten Hunger nach Männerfleisch zu stillen. Im Umgang mit Frauen bin ich eher gehemmt und habe vergessen, ob sie es mir auf Russisch besorgte oder ob wir es hinterindisch miteinander trieben – auf diesem Gebiet kenne ich mich nicht aus. Kein Wunder, denn die Szene spielte sich im stockfinsteren Korridor ab – ich weiß nur noch, dass ich unabsichtlich gegen Schränke und Kommoden stieß, von denen Nippes- und Porzellanfiguren kollerten, während ich mich mit der liebestollen Witwe auf dem frisch gebohnerten Parkett wälzte – vielleicht war es auch ein Kelim oder ein Bärenfell. Im Nachhinein frage ich mich, ob die liebeskundige Ballerina eine Balletttänzerin oder eine Luxusprostituierte gewesen ist – oder aber eine zur Kurtisane ausgebildete Kundschafterin des KGB? In meiner Erinnerung lebt sie fort als die von Sacher-Masoch beschriebene Venus im Pelz, in deren Zobelfell wie Quecksilberkugeln geformtes Sperma glitzerte, als ich mich im Schein der aufgehenden Sonne aus ihrer Wohnung stahl.

4

Bei der Rückkehr ins Hotel fehlte mir mein Pass, ein
für Bürger der Bundesrepublik leicht zu verkraften-
der Verlust, aus sowjetischer Sicht aber eine Tod-
sünde, die nie wiedergutzumachen war. Vergeblich
rief ich die geheime Telefonnummer an: Niemand
nahm den Hörer ab, die Leitung war tot, und die
Witwe hatte sich in Luft aufgelöst – so als sei die
Luxuswohnung des verstorbenen Dichters ein kon-
spiratives Objekt, das man, um meinen Pass zu kon-
fiszieren, zum Liebesnest umfunktioniert hatte.
Also doch KGB? Drei Wochen später, beim Abflug
von Scheremetjewo nach Berlin-Schönefeld, überreichte mir ein Pilot der Aeroflot, der eine amerikanische Bomberjacke trug, braunes Büffelleder mit
Pelzkragen, mit schwungvoller Geste meinen ab-
handengekommenen Pass – ohne ein Wort der Erklä-
rung oder Entschuldigung. Vorausgegangen waren
mehrere Versuch, mir ein Ersatzdokument zu be-
schaffen: In Tbilisi posierte ich im Studio eines
Fotografen, der mit seinem Oberkörper unter einem
schwarzen Tuch verschwand, während ich auf dem
mit Fransen verzierten Sofa saß unter einem Hirsch-
geweih, das später durch eine Zimmerpalme ersetzt
wurde. Ich fand mich gut getroffen, aber die zuständige Behörde lehnte das Passfoto ab, nicht wegen der
Palme, die als Symbol des Kolonialismus hätte miss-
deutet werden können, sondern wegen meiner langen Haare: Bekanntlich muss auf Passbildern das
rechte oder linke Ohr zu sehen sein. Ich ging zum

Friseur, der auf Russisch nicht Panikmacher, sondern Parikmacher heißt, und bekam eine Kurzhaarfrisur verpasst, wie sie die Matrosen des Panzerkreuzers *Aurora* bei der Erstürmung des Winterpalasts trugen. Wegen eines Feiertags war das Fotostudio geschlossen, und die Prozedur wiederholte sich im Polizeipräsidium von Baku, in dessen Vorgarten Bittsteller im Freien kampierten, ohne vorgelassen zu werden. Auch das Treppenhaus war von Antragstellern blockiert, die mir flehentlich die Arme entgegenstreckten, als man mich an der Warteschlange vorbei ins Büro des Polizeichefs führte, der mich in Privataudienz empfing. Azeris, Armenier und Georgier seien wie Finger einer Hand, behauptete der Polizeichef und reckte seine rechte Hand, der zwei Finger fehlten, zum Schwur. Die Völker des Kaukasus bildeten eine glückliche Familie unter Führung der Sowjetunion – den Konflikt um Bergkarabach, die Umsiedlung der Tschetschenen und die Ausmerzung der Tscherkessen erwähnte er nicht. »Die Behörden in Tbilissi haben Sie irrtümlich oder absichtlich falsch informiert, denn ich habe nicht das Recht, einem deutschen Staatsbürger einen Sowjetpass auszustellen – es sei denn, er hat in der Roten Armee gedient.« Bei diesen Worten blickte er bewundernd auf meinen militärischen Kurzhaarschnitt. »In Ihrem Fall könnten wir eine Ausnahme machen und die Dienstzeit verkürzen auf, sagen wir, achtzehn Monate. Allerdings müssten wir Ihren Namen leicht verändern, damit er nicht zu fremdartig klingt. Wie wäre es mit Hassan Buchara zum Beispiel?« Er spannte einen Bogen mit drei oder vier Durchschlägen Kohlepapier in die Schreibmaschine. »Sind Sie Bürger der Bundesrepublik oder der Deutschen Demokratischen Republik?« – Weder das eine noch das andere, hörte ich mich sagen: »Ich komme aus der selbstständigen Einheit Westberlin.« Der Polizeichef von Baku legte seine Stirn in Falten: Das war eine unerwartete Komplikation – von einem dritten deutschen Staat hatte er noch nie gehört.

Zwei Wochen später stellte die Botschaft der Bundesrepublik in Moskau mir einen Ersatzpass oder Passersatz aus – nicht auf den Namen Hassan Buchara, sondern auf meinen richtigen Namen, aber von dem Dokument habe ich nie Gebrauch gemacht. Erst Wochen nach meiner Rückkehr fand ich heraus, dass das mir überreichte Buch des Parteiliteraten eine Schallplatte enthielt, auf der Lukonin Gedichte deklamierte, Verse zum Thema Heimaterde und Erntedank, unterbrochen von Zahlenreihen, bei denen es sich, wie ein Experte des Bundesnachrichtendiensts meinte, um Geheimcodes handelte. Also doch KGB?

5

Der Hörspielschreiber war abgereist, und an seiner Stelle stieß ein Westberliner Pfarrer zu unserer Delegation, der nach eigener Aussage von Marx und

Lenin mehr gelernt hatte als aus dem Markus- und Lukas-Evangelium. Der Entspannungspfarrer, so nannte ich ihn, hielt seine Moskauer Geliebte mit Strumpfhosen bei der Stange – hier passt die Redensart – und rügte mich, als ich »Ihr seid das Salz der Erde« ins Gästebuch des Nowodewitschi-Klosters schrieb, in seinen Augen eine antisowjetische Provokation. Erste Station unserer Reise war Erewan, im Westen bekannt geworden durch die Schmunzelwitze von Radio Erewan: »Im Prinzip ja, aber ...« Die in einem Hochtal gelegene Stadt, umgeben von Gärten, in denen aromatisch duftende Pfirsiche, Maulbeeren und Aprikosen wuchsen, überragt vom Gletscher des Ararat, der für Besucher *off limits* war wegen seiner strategischen Lage an der Südgrenze des Warschauer Pakts, die armenische Metropole also entsprach in keiner Weise dem Klischee eines provinziellen Hinterlands: Auf von Platanen beschatteten Boulevards glitten Oldsmobiles und Chevrolets dahin, die auf abenteuerlichen Umwegen aus Las Vegas und Reno, den Hauptstädten der armenischen Diaspora, hierher gelangt waren. Die Schaufenster der Buchläden, Modeboutiquen und Discos waren mit Fotos von Charles Aznavour, William Saroyan und Chatschaturian geschmückt, nur Mikojan, der Ex-Außenminister fehlte, und Metaxa, eine armenische Poetin, begrüßte uns mit dem emphatischen Ruf: »Wir heißen die Dichter aus dem Land Franz Werfels willkommen!«

Damit war weder die k.u.k.-Monarchie gemeint noch die Tschechoslowakei der Zwischenkriegszeit, sondern die deutsche Literatur, die durch unzerreißbare Bande mit dem Schicksal Armeniens verknüpft ist: Von Forschungsreisenden und Missionaren des 19. Jahrhunderts bis zu Armin T. Wegener und Pastor Lepsius, der als erster den Genozid des osmanischen Reichs an den Armeniern publik machte. Aus dieser Sicht war die Türkei noch immer der Hauptfeind, Russland und Deutschland aber, das im Ersten Weltkrieg nichts unternahm, um den Genozid zu beenden, galten als Freunde des armenischen Volkes. Trotzdem oder gerade deshalb wurde das Standardwerk über den Völkermord, Franz Werfels Roman *Die vierzig Tage des Musa Dagh*, unter dem Ladentisch gehandelt – mit Rücksicht auf die friedliche Koexistenz.

Metaxa sah so aus wie der gleichnamige Weinbrand – honiggelb und zuckersüß. Als junge Pionierin hatte sie Stalin, der ihr in seiner Marschalluniform wie ein Erzengel erschien – nur die Pockennarben passten nicht dazu –, knicksend einen Blumenstrauß überreicht, und nach dem Tod des Generalissimus hatte sie sich von Stalinoden auf erotische Gedichte verlegt, in denen sie mit den Zähnen dem Geliebten die Knöpfe vom Hemd riss: Ob sie die Perlmuttknöpfe ausspuckte oder herunterschluckte, behielt sie für sich.

Zum Glück ging von Metaxa keine Gefahr mehr aus. Sie hatte die Produktion eingestellt, wie sie sagte, im Unklaren lassend, ob es sich um die Produktion von Gedichten oder von Sexualhormonen handelte – ihr Schnurrbart deutete auf letzteres hin. Den Entspannungspfarrer schreckte das nicht – im Gegenteil: Statt sich für versteinerte Bibeln zu interessieren, die armenische Mönche in Tropfsteinhöhlen vor muslimischen Eroberern versteckten; statt zum religiösen Zentrum der Armenier in Edschmiadsin zu pilgern oder vor evangelischen Glaubensbrüdern zu predigen, bat er Metaxa, den Trick mit den Hemdknöpfen vorzuführen – und ward nicht mehr gesehen. Erst am nächsten Morgen tauchte er hohlwangig, blass, mit Ringen unter den Augen, aus der Versenkung auf und sah aus, als habe Metaxa ihm die Sexsucht ausgetrieben, doch der Schein trog. Denn kaum hatte der Entspannungspfarrer sich von der nächtlichen Eskapade erholt, wankte er mit hängender Zunge durch den Hotelkorridor und klopfte, nein kratzte, hündisch ergeben an ihrer Zimmertür, die fortan verschlossen blieb: Entweder war Metaxa nicht auf ihre Kosten gekommen, und der Kirchenmann – mit Betonung auf Mann – hatte das in diesem Wort enthaltene Versprechen nicht eingelöst, oder sein Vorrat an Hemdknöpfen war aufgebraucht.

6

»Sie werden Gelegenheit haben, Schaschlik zu essen«, hatte Slonimski gesagt, und der KGB-Mann
hatte nicht übertrieben, denn fortan gab es nur
noch Schaschlik zu essen und nichts als Schaschlik,
Schaschlik zum Frühstück, zum Mittag- und
Abendessen, Schaschlik aus Hammelfleisch, Rind,
Schwein, Huhn und Gemüse, nicht zu vergessen auf
Krummsäbel, Schwerter, Lanzen, Dolche, Stacheldraht oder Bajonette gespickte Würste und Inne-
reien. Als wir die Faxen dicke hatten, weil das oder
der Schaschlik uns aus Nasen und Ohren troff, hielt
unser Dienstwagen, eine Moskwitsch-Limousine mit
Spitzenvorhängen und Plüschsitzen, die uns auf
holprigen Straßen durchs Hochland von Armenien
kutschierte, vor einem Ausflugslokal am Ufer des
Vansees, in dem es Fisch zu essen gab, Forellen, wie
es hieß, und während unser Leibwächter und Chauffeur die Gäste des Lokals mit wedelnden Armen von
den Tischen vertrieb, wurden uns in Stücke gehackte,
am Spieß gebratene Forellen serviert, die trotz oder
wegen der gerösteten Zwiebel- und Speckscheiben
vorzüglich schmeckten, Fischschaschlik, eine kuli-
narische Spezialität mit dreifachem SCH, wie ich sie
außer am Ufer des Vansees, nicht zu verwechseln
mit dem Berliner Wannsee, nie wieder vorgesetzt bekam.

7

»Gegel, Gegel«, wiederholte der Direktor des staatlichen Ölkombinats *Neftprom* oder *Kaspoil*, der uns auf einer Ölplattform im Kaspischen Meer willkommen hieß, genauer gesagt im Chefbüro der Ölplattform, denn es war Sonntagvormittag, und weit und breit waren keine Arbeiter zu sehen, nur das mit Ölschlieren gesprenkelte, träge schwappende Meer, über dem Möwen krächzten, und eine rostige Pipeline, auf der Kormorane ihr ölverschmiertes Gefieder trockneten. Es war der vorvorletzte Tag unserer Reise, und Metaxa, die uns auf der Fahrt durch die Kaukasusrepublik begleitete, wollte wissen, ob wir spezielle Wünsche hätten und ein Schriftstellerheim, ein Sanatorium oder Museum besichtigen wollten? Nein, bitte nicht, das heißt doch: Wir äußerten den Wunsch, eine Fabrik zu besichtigen. Keine Teppichfabrik, wie Metaxa vorschlug, sondern ein Industriekombinat, um mit Arbeitern ins Gespräch zu kommen. Eine abwegige Idee, meinte Metaxa, auf die nicht mal Martin Walser gekommen sei; und sie erzählte zum soundsovielten Mal, wie der Dichter vom Bodensee beim Versuch, ein mit Wein gefülltes Trinkhorn zu leeren, in Ohnmacht gefallen und ins Hospital eingeliefert worden sei. Dort habe man ihn wiederbelebt, mit eiskaltem Wasser bespritzt, massiert und zum Hotel zurückgebracht, wo er, als sei nichts geschehen, am Bketttisch Platz genommen habe, um mit gutem Appetit weiter zu essen und zu trinken.

So ähnlich erging es uns an diesem Sonntagmorgen, als der Direktor von *Kaspoil* oder sein Stellvertreter, ein Partei- oder Gewerkschaftsboss, uns unter einem Bild des Generalsekretärs der KPdSU an einem festlich geschmückten Büffet empfing, das von rotem und schwarzem Kaviar, Räucherlachs und Störfilets überquoll, nicht zu vergessen Bier, Wein und Champagner, Wodka, Kognak und Likör – in dieser Reihenfolge. Ich weiß nicht mehr, wie das Gespräch auf Hegel kam, aber von dem deutschen Philosophen hatte der *Neftprom*-Mann schon mal gehört, und als ich die Frage nach unseren Eindrücken im Kaukasus mit dem Stalinschen Slogan *nationale Form und sozialistischer Inhalt* beantwortete, war er tief beeindruckt und schlug vor, auf die gelungene Formulierung anzustoßen. Der Rest des Vormittags ging in einem Sauf- und Fressgelage unter, auf dessen Höhepunkt wir die Gastgeber fragten, was ihnen in der UdSSR nicht gefiele, wo wir doch die Missstände in der BRD scharf kritisiert und dabei kein Blatt vor den Mund genommen hatten. »Das ist eine sehr gute Frage«, rief der Gewerkschaftsbonze, »darauf müssen wir trinken!« Doch der Boss von *Kaspoil* schnitt ihm das Wort ab, beugte sich vor und sah mich durchdringend mit von Alkohol geröteten Augen an: »Eine gute Frage, jawohl! Unsere Werktätigen trinken zu viel und kommen am Montagmorgen nicht zur Arbeit. Ihnen fehlt die Disziplin, die Arbeitsmoral ist schlecht, und es wird noch lange dauern, bis wir die Produktivität eines kapitalistischen Staates erreichen. Das hat schon Lenin gesagt. Aber anders als in westlichen Ländern haben wir am Kaspischen Meer kein Umweltproblem!« Und er zeigte nach draußen, wo ein verendeter Kormoran in einer Öllache schwamm.

Höhe- oder Tiefpunkt der Reise war ein Abstecher nach Kuba. Damit ist nicht die Zuckerinsel in der Karibik gemeint, sondern eine in einer fruchtbaren Ebene bei Baku gelegene Stadt, wo wir die örtliche Kolchose besichtigten. Kolchos oder Sowchos, hieß die Gretchenfrage, die niemand beantworten konnte oder wollte, da die Betroffenen selbst nicht wussten, was der Unterschied zwischen Staatswirtschaft und Kollektivwirtschaft war. *Wperjod k kommunizmu!* – Vorwärts zum Kommunismus! – stand auf dem roten Banner über dem Eingangstor, und diesen Aufruf wiederholte der Vorsitzende, als ob unsere Frage damit beantwortet sei. Äpfel, Birnen, Aprikosen, Pfirsiche, Walnüsse und Weintrauben wuchsen hier, und ich weiß nicht mehr, welcher Teufel mich ritt, als ich erklärte, in Westdeutschland werde ein Teil der Apfelernte vernichtet, weil die Überproduktion auf dem freien Markt nicht absetzbar sei. Die Anwesenden glaubten, sie hätten sich verhört, und der Vorsitzende, der selbst im geschlossenen Raum sein Moslemkäppi aufbehielt, nahm die Mütze ab und kratzte sich den kahlen Schädel. So schlimm hatte er sich das Leben im Kapitalismus nicht vorgestellt, und er gab uns einen Sack voll Äpfel mit auf den Weg, um unsere Familien mit frischem Obst zu versorgen, von dem er annahm, dass es im Westen

Mangelware sei. Es war zehn Uhr morgens, und wir nahmen an einer üppig gedeckten Tafel Platz, um ein zweites Frühstück einzunehmen, das, wie nicht anders zu erwarten, aus Wein und Bier, Wodka und Kognak bestand – für Abstinenzler gab es Tee. Ich wiederholte die Frage, was der Unterschied zwischen einer Sowchose und einer Kolchose sei, und der Vorsitzende schlug vor, auf die Frage zu trinken, und goss Kognak auf meinen Handrücken, den ich, aus Angst, betrunken zu werden, schützend über mein Glas geschoben hatte, so lange, bis ich die Hand Zoll um Zoll zurückzog – ein Bild aus einem Eisenstein-Film, das sich unauslöschlich in mein Gedächtnis gebrannt hat.

KAUKASISCHE NEMESIS

1

Er trug Jogginghosen und einen blauen Anorak, an dem man zu DDR-Zeiten die Stasi-Spitzel erkannte, und er saß nicht, nein, er hockte auf den Fußballen, wie es afrikanische Marktfrauen tun, den Hintern knapp über dem Boden und die Arme um die Knie gelegt, im Eingangsbereich des Hotels, mit Blick aufs Innenministerium, dessen blau uniformierte Wächter gleichmütig an ihm vorbeischauten, als wäre er Luft. Hätten die Beamten gewusst, dass sie einen Asylbewerber mit zeitlich begrenzter Aufenthaltserlaubnis vor sich hatten, mehr geduldet als akzeptiert und wie alle Tschetschenen pauschal unter Terrorismusverdacht, hätten sie ihm Handschellen angelegt, um ihn in Abschiebehaft zu nehmen und nach Ablauf der gesetzlichen Frist, in der Einsprüche geltend gemacht und wieder abgeschmettert werden können, in eine Lufthansa-Maschine zu setzen – aber wohin? Moskau schied aus, weil die Russische Föderation sich im unerklärten Krieg mit Tschetschenien befand, Baku und Ankara nahmen keine der Zusammenarbeit mit al-Qaida verdächtigen Personen auf, und selbst Warschau und Prag, wo Tschetschenen aus historischen Gründen willkommen waren, hatten die Pforten dicht gemacht. Das Boot war voll, und ein EU-Land schob dem anderen den Schwarzen Peter zu: Hier stimmte das schiefe Bild, denn die Bewohner des Kaukasus wurden und werden in Russland Schwarzärsche genannt, so als handele es sich um eine Horde Affenmenschen und nicht um die Wiege der indoeuropäischen Kultur.

»Waren Sie lange in Tschetschenien?«, heißt es in Lermontows Novelle *Ein Held unserer Zeit*: »Kennen Sie die Gegend?« – »Ich habe davon gehört.« – »Wir haben sie gründlich sattgekriegt, diese Kopfabschneider! Jetzt ist es gottlob ruhiger geworden; aber damals brauchte man nur hundert Schritt über den Wall hinauszugehen; gabst du nicht scharf acht, so konntest du sicher sein, sofort ein Fangseil um den Hals oder eine Kugel in den Nacken zu kriegen. Mordskerle!« Und selbst Puschkin, der aufgrund seiner äthiopischen Herkunft – sein Großvater war Mohr am Hof Peters des Großen – dem großrussischen Chauvinismus kritisch gegenüberstand, schreibt in der *Reise nach Erzurum*: »Dolch und Säbel sind Teile ihres Körpers, Mord ist bei ihnen nur eine Körperbewegung. Gefangene halten sie fest in der Hoffnung auf Loskauf und behandeln sie mit entsetzlicher Unmenschlichkeit. Unlängst hat man einen friedlichen Tscherkessen gefangen, der auf einen Soldaten geschossen hatte. Er rechtfertigte sich damit, sein Gewehr sei zu lange geladen gewesen. Was macht man mit so einem Volk?«

Scharpudin wiegte sich auf den Fersen, misstrauisch beäugt vom grau befrackten Portier des Hotels, und bei meiner Annäherung erhob er sich und ging mit federnden Schritten auf mich zu. Wir umarmten uns, und er küsste mich zuerst auf die rechte, dann auf die linke Wange – sein Gesicht war stoppelbärtig, meins glatt rasiert: Ein Begrüßungszeremoniell, das an einen Judaskuss erinnerte oder an die Verbrüderung zweier Mafiabosse, die sich gegenseitig den Tod wünschen. Im Kaukasus geht es zu wie in Sizilien: Die Gastfreundschaft ist heilig, und der Hausherr steht mit seinem Leben für den *Kanuk* genannten Gastfreund ein. Doch sobald der das Haus verlässt, ist er vogelfrei.

Wir blieben stehen vor der Bronzebüste des Dichters Haushofer, der nicht weit von hier zusammen mit anderen Häftlingen des Zellengefängnisses Moabit kurz vor Kriegsende von SS-Männern erschossen worden war. Als Rotarmisten Wochen später die notdürftig verscharrte Leiche auf einem Trümmergrundstück an der Lehrter Straße ausgruben, trug Haushofer unter seinem von Kugeln durchlöcherten Hemd ein blutgetränktes Manuskript, zwei eng beschriebene DIN-A4-Seiten, die, vom sowjetischen Militärverlag auf holzfreiem Papier gedruckt, unter dem Titel *Moabiter Sonette* zum Kultbuch des Jahres 1945 wurden. »Der Wahn allein war Herr in diesem Land / In Leichenfeldern schließt sein stolzer Lauf / Und Elend, unermesslich, steigt herauf ...«

Ich sprach nur gebrochen russisch, Scharpudin nur wenige Worte deutsch, und während ich, um Worte ringend, die in den Sockel der Büste eingravierten Verse zu übersetzen versuchte, legte Scharpudin den Arm um mich, und wir schritten, eng umschlungen wie ein Liebespaar, die Marmorstufen hinauf zum Hotel, dessen Portier durch Knopfdruck die Glastür öffnete, die sich lautlos hinter uns schloss.

2

Es war nicht meine erste Begegnung mit Scharpudin, und es sollte nicht die letzte sein. Ich weiß nicht mehr, wann und wo ich ihn zum ersten Mal traf: Vermutlich im Herbst 1996 in seinem Heimatdorf Nowyje Atagi, wo ich zu einer tschetschenischen Hochzeit eingeladen war. »Möchten Sie an einer Bauernhochzeit teilnehmen«, hatte Dschamila gesagt, die Übersetzerin aus Kasan, die auf Russisch Nadjeschda hieß und wie viele Tatarinnen schwarzhaarig und blauäugig war. Sie erinnerte mich an den Dichter Bulat Okudschawa, über dessen Schreibtisch statt eines Leninbilds ein Foto von Kennedy hing, als er mich in seiner Moskauer Wohnung empfing und erzählte, nach Erscheinen seines Romans über die Narodniki habe die *Literaturnaja Gazeta* sich darüber erregt, wie er als Nichtrusse sich erfrechen könne, über russische Geschichte zu schreiben – Rassismus und Chauvinismus bildeten schon damals ein Amalgam.

»Sie sind zu einer Hochzeit eingeladen«, hatte Dschamila gesagt, aber ich hatte keine Ahnung, wer oder was sich hinter der Einladung verbarg.

Am Vortag hatte ich Schamil Bassajew interviewt, Tschetscheniens Top-Terroristen, auf dessen Ergreifung, tot oder lebendig, die Regierung in Moskau ein Kopfgeld von hunderttausend Dollar ausgesetzt hatte, später auf eine Million erhöht. Bassajew empfing mich an einem geheim gehaltenen Ort, im Beisein seines Sekretärs, eines jungen Polen, der Englisch sprach und seine Antworten übersetzte: »Sagen Sie Kanzler Kohl, er soll deutsche G 3-Gewehre nach Tschetschenien schicken, denn die sind besser als Kalaschnikows.« Beim Kampf um Grosny hatte ein Schrapnell seinen Fußknöchel zerschlagen, und Bassajew ging am Stock. Er habe keine Angst vor dem Tod, setzte er ungefragt hinzu: Die russische Armee habe seine Familie ausgelöscht, und sein Ziel sei es, so viele Russen wie möglich zu töten, bevor er ins *Dschanet* genannte Paradies eingeht.

Damals wusste ich noch nicht, dass sein Vorname Schamil eine Hommage an einen tschetschenischen Freiheitskämpfer des 19. Jahrhunderts war, dessen Schicksal Tolstoi in dem Roman *Hadschi Murat* dargestellt hat. Auf der Reise durch den Kaukasus war Alexandre Dumas ihm persönlich begegnet und hatte Schamil mit Sätzen charakterisiert, die ebenso gut auf seinen Namensvetter passten: »Dem Aussehen nach würde man ihn auf ungefähr vierzig schätzen. Er ist groß und hat ein sanftes, Ehrfurcht gebietendes Gesicht. Die Augen sind schwarz, und er pflegt sie nach Art der Orientalen halb geschlossen zu halten. Sein langer Bart ist wohlgepflegt, sein Gang langsam und gewichtig. Schamil hält streng auf reine Sitten. Auf den ersten Blick erkennt man in ihm den zum Befehlen geborenen Anführer.«

Was in Dumas' Schilderung nicht vorkam, war Schamils eisiger Blick, bei dem es mir kalt über den Rücken lief: Während der Geiselnahme von Budjonnowsk hatte er alle mit Schusswunden ins Krankenhaus eingelieferten Russen, unter ihnen Frauen und Kinder, gnadenlos liquidiert, und im Ernstfall würde er keinen Moment zögern, auch mich zu töten.

»Waren Sie schon einmal auf einer tschetschenischen Hochzeit?«

Ich hatte keine Ahnung, was mich in Nowyje Atagi erwartete, aber ich stellte es mir ähnlich vor wie in Bosnien oder Albanien, denn der Kaukasus war ein nach Osten verschobener Balkan: Schwerttänze, in die Luft gefeuerte Schüsse und Ströme von Billigsekt. Alles stimmte, einschließlich des trotz Scharia ausgeschenkten Alkohols, aber bevor es so weit war, musste ich der Familie der Braut meine Aufwartung machen – oder war es die Familie des Bräutigams?

Ich wurde ins Wohnzimmer geführt, eine Art Salon, dessen Möblierung aus einem weinroten Sofa bestand, auf dem ich als Ehrengast Platz nehmen durfte oder musste. An der Wand hing ein folkloristischer Teppich mit langen Troddeln, daneben ein arabisch beschrifteter Kalender, auf dem die Kaaba in Mekka zu sehen war, ein schwarzer Meteorit, umringt von weißgekleideten Menschen, bei denen es sich um Pilger zu handeln schien. Nachdem ich meine Schuhe an der Türschwelle abgelegt hatte, begrüßte mich Ruslan, der älteste Sohn des kürzlich verstorbenen Hausherrn, und stellte mir seine Schwägerin vor, eine Frau mit geblümtem Kopftuch, die, wie mir die Übersetzerin zuflüsterte, bei einem Artillerieangriff hundertelf Schrapnells abbekommen hatte. Die durch ihren Körper wandernden Granatsplitter verursachten höllische Schmerzen, aber davon ließ die Schwägerin sich nichts anmerken, während sie Ruslan und mir Tee einschenkte und sich mit einer stummen Verbeugung ins Nebenzimmer zurückzog. Das Wort *Frauengemach* fiel mir ein, aber ich war mir nicht sicher, ob es Frauengemächer gibt in einem tschetschenischen Aul – so heißen die Gebirgsdörfer im Kaukasus, bestehend aus einem oder mehreren Gehöften, in denen die Sippe oder Großfamilie wohnt – der Begriff Wehrdorf kommt der Sache am nächsten.

Nach der einseitig erklärten Unabhängigkeit hatte die Regierung des vom Kreml nicht anerkannten Präsidenten Maschadow – oder war es der bei einem Raketenangriff getötete Dudajew? – das islamische Gesetz, die Scharia, eingeführt, aber nach Protesten der internationalen Presse halbherzig wieder zurückgenommen. Ein Jahr zuvor, bei meinem ersten Besuch in Tschetschenien, hatten in den Vorgärten noch Schweine herumgewühlt und auf den Märkten wurde *Samogon* feilgeboten, schwarz gebrannter Wodka, der später aus den Auslagen verschwand und nur noch unter dem Ladentisch gehandelt wurde. Die Doppelmoral war mit Händen zu greifen, denn nach der öffentlichen Auspeitschung eines Alkoholikers, der ich mit einer Mischung aus Abscheu und Faszination beiwohnte, wurde ich mitten in der Nacht von bärtigen Kämpfern geweckt, die, Kalaschnikow im Anschlag, im Dunkeln um mein Bett standen. Im ersten Augenblick dachte ich an eine Entführung: Journalisten und humanitäre Helfer waren leichte Beute für Kidnapper, die im Auftrag des russischen Geheimdiensts FSB oder der Mafia operierten. Doch die *Bojewiki* genannten Kämpfer hatten anderes im Sinn und deuteten stumm auf meinen Koffer, der eine Flasche Johnny Walker enthielt. Sie setzten sich auf den Bettrand, zündeten Zigaretten an, und die Flasche wanderte von Mund zu Mund, bis sie leer war. Dann verschwanden sie so lautlos, wie sie gekommen waren.

Das war eine Woche zuvor, in Grosny, und jetzt saß ich auf dem weinroten Sofa in Nowyje Atagi und bemühte mich, ins Gespräch zu kommen mit meinen Gastgebern, die nicht viel besser Russisch sprachen als ich. Dschamila, die Dolmetscherin, hatte sich ins Nebenzimmer zurückgezogen, aus dem sie eine halbe Stunde später mit feuchten Augen wieder zum Vorschein kam, nachdem Ruslans Schwägerin sie die unter ihrer Kopfhaut steckenden Granatsplitter hatte befühlen lassen, während ich mich in einem russischen Verb verheddert, dessen vollendeter oder unvollendeter Aspekt mir Schwierigkeiten machte – vielleicht war es auch mein deutscher Akzent, der die Gastgeber zur Verzweiflung trieb. Um die Sache abzukürzen und um die Peinlichkeit zu beenden – beides lief auf dasselbe hinaus –, gab ich Ruslans jüngerem Bruder, der mit angezogenen Knien, in den Fersen wippend, auf dem Fußboden hockte, meine Visitenkarte – ein nie wiedergutzumachender Fehler, wie sich später herausstellte. Dabei war ich vorgewarnt gewesen, denn am Vorabend der Reise hatte der Kellner eines China-Restaurants in Charlottenburg mir einen Glückskeks präsentiert, aus dem ein Papierstreifen zum Vorschein kam: *Jemand wird Hilfe von Ihnen erbitten,* las ich kopfschüttelnd, ohne den Wink mit dem Zaunpfahl zu verstehen. Hätte ich die Warnung doch beherzigt!

3

Auf dem mit einer Polaroid-Kamera aufgenommenen Bild trage ich die Einheitskleidung eines Reporters in Kriegs- und Krisengebieten, eine Nylonweste mit einem Dutzend Taschen, die durch Reißverschlüsse, Schnallen und Laschen verschließbar sind, außer Presseausweis, Kugelschreiber und Notizbuch aber nichts Wichtiges enthalten, weil Kreditkarten und Bargeld nur zum Diebstahl reizen und nutzlos sind in einem Land, wo es keine Supermärkte und Banken, Hotels oder Restaurants gibt. Unter der Nylonweste trug ich ein T-Shirt, denn ich hatte weder einen Anzug noch ein Hemd mit Krawatte im Gepäck und stand hilflos und linkisch neben der weißgekleideten Braut, die von den Brüdern des Bräutigams entführt und im Nachbarhaus einge- sperrt worden war: Nicht wirklich entführt und auch nicht ernsthaft eingesperrt – es ging um ein Ritual, das nur noch pro forma eingehalten wurde, da sein Sinn in Vergessenheit geraten war. Die Braut hatte dunkle Haare und grüne Augen, sie sah genauso verschüchtert aus wie ich und fühlte sich ähnlich fehl am Platz, bewacht von weißgekleideten Braut- jungfern und schwarzgewandeten Vettern des Bräu- tigams, denen ich, so verlangte es der Hochzeits- brauch, Geld zusteckte, fünfzig Naxar, druckfrisch aus der Notenbank der nur virtuell existierenden Republik Itschkerien, deren Staatswappen – ein Öl- förderturm im sturmgepeitschten Meer – auf dem Geldschein abgebildet war.

Eine Brautjungfer schenkte Tee ein, den sie schäu- mend ins Glas goss, mit Honig gesüßten Tee aus fri- schen Gebirgskräutern, eine Wohltat für den Magen und das beste Mittel gegen den Hustenreiz, den ich seit der Ankunft verspürte, kein Wunder bei dem Sauwetter hier: Es regnete seit Tagen, und früh am

Morgen war ich in meine Gummistiefel gestiegen und, fröstelnd im dünnen Pyjama, über den eiskalten Hof gestapft, der zur Schlammwüste geworden war, auf der Suche nach der Toilette, die sich im Kuhstall schräg gegenüber befand, wo ich im Finstern, umgeben von schnaufendem Vieh, auf Strohhaufen meine Notdurft verrichtete, bis der Strahl meiner Taschenlampe auf ein herzförmiges Fenster fiel, das in einer unter der Treppe verborgenen Tür zu sehen war: Zu spät, den Abtritt aufzusuchen, denn meine Gummistiefel steckten im Schlamm, und der Pyjama war triefnass.

Daran musste ich denken, während man mir lauwarmen Krimsekt, georgischen Kognak und klebrig süßen Likör einflößte. Ich wurde mit Alkohol zwangsernährt, obwohl ich lieber beim Tee geblieben wäre, den die Frauen tranken; Kognak war männlichen Ehrengästen und Honoratioren vorbehalten mit einer Ausnahme: Eine Veteranin des Großen Vaterländischen Krieges – jedenfalls sah sie so aus –, die Wassergläser voll Kognak hinunterspülte und dazu einen improvisierten Gesang am Akkordeon anstimmte, das Klagelied einer Soldatenwitwe, die ihren Mann im Krieg verloren hat, wobei mir nicht klar wurde, ob vom Zweiten Weltkrieg oder vom Bürgerkrieg in Tschetschenien die Rede war: »Hier sitze ich«, sang die Matrone mit Goldzähnen und warf begehrliche Blicke auf mich, »hier sitze ich und schaue mit verweinten Augen auf den fremden Mann, der aus Deutschland zu uns gekommen ist, die Deutschen sind tapfer, groß und stark, ein Heldenvolk, und der deutsche Journalist ist nach Nowyje Atagi gekommen, um die tschetschenische Witwe zu freien, die ihren Ehemann, einen gefallenen Helden, beweint, er ist gekommen, um die Witwe zum Traualtar zu führen, um sie zu erlösen aus ihrer Einsamkeit, der Deutsche hat einen Mercedes und viel Geld auf der Bank, er weiß, was sich ziemt – warum tanzt er nicht mit mir?« Die Kriegerwitwe legte die Ziehharmonika aus der Hand, streckte flehend die Arme aus und, angefeuert von Beifall und Pfiffen, blieb mir nichts anderes übrig, als sie zum Tanz aufzufordern. Wir drehten uns umeinander im Kreis, die Matrone zog mich eng an sich und presste ihren üppigen Busen an meine Brust, bis Hurrarufe, gefolgt von einer Schusssalve, das Techtelmechtel beendeten. Im ersten Augenblick glaubte ich an einen Angriff der russischen Armee, die sich nicht an den vereinbarten Waffenstillstand hielt, doch dann begriff ich, dass der Bräutigam eingetroffen war, um die von seinen Brüdern entführte Braut in die Arme zu schließen. Als Höhepunkt des Fests feuerte man alle verfügbaren Waffen ab, und das waren nicht wenige: Obwohl oder weil die Hochzeitsgäste in die Luft schossen, wurde ein vierjähriges Mädchen von einem Querschläger getroffen und mit einem Steckschuss im Fuß ins Kinderkrankenhaus Nummer eins nach Grosny gebracht, aber das war normal und gehörte zu einer zünftigen Hochzeit dazu.

4

U menja problema, er habe ein Problem, murmelte Scharpudin auf dem Weg durch die Hotelhalle, und wie immer, wenn Scharpudin ein Problem hatte, ging es um Geld. Um die Anmietung eines Laden-lokals zum Beispiel auf der Bornholmer Straße im Berliner Wedding, wo viele Kaukasus-Emigranten lebten und wo Scharpudin ein tschetschenisches Restaurant eröffnen wollte, ja, ich hatte richtig ge-hört, ein tschetschenisches Restaurant mit Schasch-lik, Huhn in Tabakblättern und einem Billardtisch, auch Wein und Bier würden dort ausgeschenkt, Scharia hin oder her, ein lukratives Geschäft, eine todsichere Angelegenheit, und ich war dazu aus-ersehen, das nötige Geld lockerzumachen und die Kaution zu hinterlegen, auf der Stelle, jetzt sofort, und die schüchterne Frage nach der Russenmafia tat Scharpudin mit müdem Lächeln ab: »Wir auch Ma-fia«, erwiderte er achselzuckend, »russische Mafia haben Angst vor tschetschenischer Mafia, *netu pro-blemy*, kein Problem!«

Dies also war der letzte Stand der Dinge, ein tsche-tschenisches Restaurant, in dem es auch georgische, ossetische und inguschetische Gerichte geben sollte, Bliny, Pelmeni und so weiter, benannt nach dem Volkshelden Schamil oder nach den Gipfeln des Kaukasus, Elbrus und Kasbek, eine lohnende Inves-tition, eine Goldgrube wie jenes andere Projekt, das Scharpudin mir im Jahr zuvor angeboten hatte, zur

Verstärkung brachte er zwei Freunde mit, von denen einer sein Leibwächter war, während der andere dolmetschte. Die Sache war zu wichtig, um unter vier Augen abgehandelt zu werden, es ging um Öl, russisch *neft*, um Erdöl bester Qualität, das mir frei Haus geliefert werden würde direkt aus dem Kaukasus – eine einmalige Chance, wenn ich den Mut hätte, das Glück am Schopf zu packen. »Zwei oder drei Kanister würde ich nehmen«, sagte ich vorsichtig, »aber wo soll ich das Benzin lagern, im Keller vielleicht? Um was für Mengen handelt es sich?« – Kein Kanister, pah – ein mit Erdöl beladenes Tankschiff, so hieß es, werde in Rostock oder Warnemünde andocken, und alles, was ich zu tun hätte, sei die Bereitstellung einer Lagerstätte, die Anmietung eines unterirdischen Reservoirs zur Aufnahme von fünfzigtausend Litern Kerosin, die ich in eigener Regie gewinnbringend vermarkten dürfe. Auf meine Frage, aus welchen Quellen das Öl gesprudelt sei, aus einer angezapften Pipeline vielleicht, und ob eine Ausfuhrgenehmigung der Russischen Föderation oder eine Einfuhrgenehmigung in die Bundesrepublik vorläge, meinte Scharpudin, alles sei geregelt, ich brauche mir keine Sorgen zu machen: Als Freund des tschetschenischen Volkes habe man mich dazu ausersehen, das lukrative Geschäft abzuwickeln, ohne jedes Risiko, versteht sich. Statt einen Mineralölkonzern wie Shell oder Esso anzusprechen, hätte die Exilregierung, will sagen: die Führung des Widerstands, beschlossen, sich erkenntlich zu zeigen für meine Verdienste um einen gerechten Frieden im

Kaukasus. Ich verwies ihn an eine Freundin, deren Schwager im Umland von Berlin eine Tankstelle betrieb, und als ich Wochen später wissen wollte, was aus der Sache geworden sei, ging die Antwort in vages Gemurmel über: *Konjetschno*, brummte Scharpudin, ja gewiss, er habe den Tankstellenbesitzer getroffen, doch der habe nicht zurückgerufen oder sein Handy habe nicht funktioniert.

5

Zur Strafe dafür, dass er einen Funken vom Herdfeuer der Götter stahl, wurde Prometheus an einen Felsen im Kaukasus geschmiedet, und Zeus verwandelte sich in einen Adler, der jeden Morgen das Schwarze Meer überflog und seinen Krummschnabel in die Leber des Prometheus schlug. Mir war es ähnlich ergangen, aber ich hätte eher damit gerechnet, auf eine Mine zu treten oder von Mafiosis entführt, als von Aasgeiern verfolgt zu werden, die nicht meine Leber, sondern mein Bankkonto fraßen. »Stalin war ein kaukasischer Bergadler, der seine Jungen aus dem Nest wirft«, hatte Wiktor Borisowitsch Schklowski, der russische Schriftsteller und Literaturtheoretiker, beim Anblick des sowjetischen Ehrenmals am Brandenburger Tor zu mir gesagt: »So brachte er uns das Fliegen bei.«

Aber Scharpudin war kein Bergadler, sondern ein Geier, der näher und näher hüpfte, obwohl ich ihn mit Händeklatschen und lauten Rufen stets aufs Neue vertrieb. Es nutzte nichts, dass ich die Zähne zusammenbiss und den Wundverband enger zog, um mir die Schmerzen nicht anmerken zu lassen, denn als Geier hatte er einen Blick dafür, wo etwas zu holen war, und er glaubte mir kein Wort, als ich darlegte, dass ich pleite war, denn trotz oder wegen meines überzogenen Kontos war ich in seinen Augen ein reicher Mann: *Jemand wird Hilfe von Ihnen erbitten.* Ich war vorgewarnt durch den chinesischen Glückskeks, der eine nur für mich bestimmte Mitteilung enthielt, und durch den Freund eines Freundes, der nicht von ungefähr Eckart hieß, denn er war die Treue in Person: Hüte dich vor Scharpudin, hatte der getreue Eckart gesagt, Gründer und Leiter der Gesellschaft zum Studium der kaukasischen Völker, denen er zutiefst misstraute, weil er ihre Sitten und Gebräuche kannte: »Gib Scharpudin den Laufpass – wenn er dich nervt, setz ihn vor die Tür!«

Das Fundierte des Rats sah ich ein, aber es gelang mir nicht, ihn praktisch umzusetzen, im Gegenteil: Jedes Mal, wenn ich den Aasvogel vor mir sah, überschwemmte mich eine Woge von Mitgefühl, und statt ihn durch Rufen und Händeklatschen zu verscheuchen, kehrte ich ihm meine weiche Flanke zu, das Bauchfleisch, unter dem sich die Leber verbarg, die sich aus eigener Kraft regeneriert – bekanntlich wächst die Leber mit ihren Aufgaben. Ich weiß nicht mehr, wie ich auf die irrige Annahme verfiel, eine unüberbrückbare Distanz zwischen mich und meinen Verfolger gelegt zu haben: Denn so wie der Adler des Zeus täglich das Meer überflog, um den an einen Felsen gefesselten Prometheus zu peinigen, fand Scharpudin stets aufs Neue den Weg zu mir, aus Baku und Kiew ebenso wie aus Warschau, Prag oder Aurich, das die Ausländerbehörde ihm als Wohnort zuwies mit der Auflage, Ostfriesland nicht zu verlassen. Und es war nur eine Frage der Zeit, bis er mit dem Billigtarif der Deutschen Bahn oder einer anderen Mitfahrgelegenheit nach Berlin reisen und als Bittsteller vor meiner Tür stehen würde: *Keine Ferne macht dich schwierig / Kommst geflogen und gebannt / Und des hellen Lichts begierig / Bist du Schmetterling verbrannt.* Nur mit dem Unterschied, dass ich es war, der sich die Schmetterlingsflügel versengte, während Scharpudin mich wie eine Ammophila-Wespe, die eine Raupe verzehrt, mit seinem Giftstachel lähmte, um mich bei lebendigem Leib zu verspeisen.

P. S.

Als Beispiel dafür, wie ich den Krieg in Tschetschenien gesehen und erlebt habe, möchte ich einen unverdächtigen Zeugen zitieren. Im Sommer 1851 reiste Graf Lew Nikolajewitsch Tolstoi in den Kaukasus. Am 27. August, dem Vorabend seines dreiundzwanzigsten Geburtstags, schrieb er den folgenden Stoßseufzer in sein Tagebuch: »Habe Frauen gehabt, habe mich schwach gezeigt in vielen Fällen, in der

Gefahr, beim Kartenspiel, und stecke noch immer voll falscher Scham. Habe viel gelogen. Bin, Gott weiß wozu, nach Grosnaja gekommen.«

Das nach Iwan dem Schrecklichen benannte Grosnaja, heute Grosny, war schon damals Schauplatz eines jahrzehntelangen, ständig neu aufflammenden Krieges. Tolstoi unternahm die beschwerliche und gefährliche Reise zusammen mit seinem Bruder auf eigene Kosten, um als Beobachter an einem Feldzug gegen tschetschenische Rebellen teilzunehmen – als *embedded journalist,* wenn man so will. Obwohl er nicht in der Armee gedient hatte und von militärischen Fragen nichts verstand, träumte er von einer Karriere als Offizier; gleichzeitig wollte er Schriftsteller werden und Material sammeln für ein Buch über den Krieg im Kaukasus. Auf Tolstois Frage, ob er sich dessen Regiment anschließen dürfe, erwiderte der diensthabende Offizier, Hauptmann Chlopow: »An sich dürfen Sie schon. Bloß, mein Rat wäre, lassen Sie's lieber. Warum das Risiko eingehen?« Und er empfahl ihm die Lektüre eines Standardwerks über Strategie und Taktik der russischen Armee im Kaukasus. Genau das, sagte Tolstoi, interessiere ihn nicht. »Ja, was denn sonst? Wollen Sie etwa bloß mal sehen, wie Menschen umgebracht werden?« Nein, antwortete Tolstoi und stellte eine Frage von entwaffnender Naivität: Er wolle wissen, was Mut ist, warum Soldaten in den Kampf ziehen und sterben. »Mut zeigt«, sagte Hauptmann Chlopow, »wer alle ihm erteilten Befehle befolgt« – ein Ausspruch, den

Tolstoi in sein Tagebuch notierte, weil er ihn überzeugender fand als Platons Definition, Mut sei »Wissen um das, was zu fürchten und was nicht zu fürchten ist«, die ihm zu abstrakt erschien.

Tolstoi begleitete das russische Heer auf einer Strafexpedition, bei der ein Bergdorf geplündert und gebrandschatzt wurde. Obwohl er dem Generalstab zugeteilt war, gewann er keinen Überblick über die Operation, im Gegenteil – das Vorgehen der Armee erinnerte ihn an einen Mann, der mit einer Axt in der Luft herumfuchtelt. Den Befehl zu dem Massaker erteilte Fürst Barjatinski eher beiläufig, so als ordne er bei einem Hausball an, den Tisch zu decken. »Mögen die Leute nur brennen und plündern. Ich sehe ja, dass sie schreckliche Lust dazu haben«, sagte er lächelnd.

Die unter dem Eindruck des Geschehens entstandene Erzählung *Der Überfall* war unausgereift – ihr fehlte die notwendige Distanz. Erst siebzehn Jahre später, in seinem Hauptwerk *Krieg und Frieden*, verdichtete Tolstoi seine im Kaukasus gesammelten Erfahrungen zu einem Roman: Dessen Held Pierre ist ein Zivilist, der wie sein Autor von Militärstrategie nichts versteht und orientierungslos zwischen Toten und Sterbenden auf dem Schlachtfeld von Borodino herumirrt – mit fremdem Blick, der besser als sogenanntes Fachwissen die Grausamkeit des Kampfes offenbart. Bekanntlich ist *Krieg und Frieden* ein historischer Roman, der Napoleons Russlandfeldzug schildert, und es dauerte noch einmal dreißig Jahre, bis Tolstoi das traumatische Erlebnis seiner Jugend im Alterswerk *Hadschi Murat* literarisch umsetzen konnte – aus solchen, ein Leben umgreifenden Zusammenhängen entsteht Literatur: »Die würdig aussehende Frau, die Hadschi Murat bedient hatte, stand jetzt mit zerzaustem Haar, im zerfetzten Hemd, das ihre schlaffen Brüste sehen ließ, bei der Leiche ihres Sohnes, kratzte sich das Gesicht blutig und schrie ununterbrochen. Wehklagen von Witwen drangen aus allen Häusern. Die Kinder heulten mit den Müttern. Das Vieh brüllte nach Futter, das es nicht gab. Die größeren spielten nicht, sondern schauten mit erschrockenen Augen auf die Erwachsenen.«

SOK SINN ODER DIE RAST AM NUDELBERG

1

Sok Sinn ist tot. Er ist nicht nur einen, sondern viele
Tode gestorben, seit er als kleiner Junge seiner allein-
erziehenden Mutter bei der Zubereitung und dem
Verkauf von Speiseeis half, bis Angkar, die Partei der
Roten Khmer, die wie eine Ananas hundert Augen
hatte, alles wusste und alles sah, ihn zum Deichbau
requirierte und er als Mitglied einer *Chalat* genannten Brigade Sand schippen und Steine schleppen
musste. Nachts schritten Kämpfer der Roten Khmer
die Reihen der Schlafenden ab und weckten sie
durch Fußtritte, um Mädchen zu vergewaltigen und
Jungen, die im Schlaf geröchelt oder Mama gerufen
hatten, ins Gebüsch zu führen und zu erschießen.
Nein, Kugeln seien zu wertvoll für die Feinde der
Roten Khmer, hatte Bruder Nummer eins, Saloth
Sar alias Pol Pot, dekretiert: Die zum Tode Verurteilten wurden in Gruben gestoßen, die sie selbst aus-
heben mussten, und mit Knüppeln und Spaten
liquidiert getreu dem Slogan von Pol Pots Vorbild
Mao Tse-tung: »Zerschlagt die Konterrevolution,
wo ihr sie trefft«, das die Regierung des Demokratischen Kampuchea auf Banknoten hatte drucken
lassen, die nie in Umlauf kamen, weil Angkar, die

alleinherrschende Partei, die Schließung der Banken und die Abschaffung des Geldes beschloss.

Auf dem druckfrischen Geldschein aus dem Jahr 1975, der vor mir liegt, sind mit Wasserbüffeln pflügende Kinder und gebückte Frauen zu sehen, die Setzlinge in die überschwemmte Ackererde pflanzen. Auf der Rückseite in einem wogenden Reisfeld verschanzte Kämpfer der Roten Khmer mit Ballonmützen, die mit Granatwerfern einen nicht sichtbaren Angreifer beschießen, keine sowjetischen oder amerikanischen Imperialisten, sondern vietnamesische Aggressoren, die in einem Blitzkrieg Phnom Penh erobern und die Führung der Roten Khmer in Dschungelbasen an der thailändischen Grenze zurückdrängen werden, nachdem diese ein Fünftel der eigenen Bevölkerung massakriert haben, in Kambodscha ansässige Vietnamesen nicht mitgerechnet.

Sok Sinn starb viele Tode, wie gesagt: Zum ersten Mal, als er, am Straßenrand des Monivong-Boulevard stehend, um König Sihanouk zuzujubeln, von einem Motorroller erfasst und mitgeschleift wurde – es dauerte Monate, bis er auf Krücken gehen und seiner Mutter wieder beim Eisverkauf helfen konnte. Das zweite Mal, als er wegen Diebstahls einer Ananas vom Revolutionstribunal zum Tode verurteilt wurde und auf dem Weg zur Hinrichtung Durchfall bekam, der ihm das Leben rettete, weil das Exekutionskommando sich vor dem Gestank ekelte. Das dritte und letzte Mal starb er an Aids, das UN-Truppen nach Kambodscha eingeschleppt hatten, wo afrikanische Blauhelmsoldaten Sex-Workers mit der Immunschwäche infizierten, die Sok Sinn nach eigenem Bekunden befiel, als er im Gästehaus der Roten Khmer mit einem Fotografen schlief, der, ohne zu ermüden, stundenlang an ihm herumfummelte. »He liked playing around with my penis«, sagte Sok Sinn, der nie eine Schule besucht hatte, aber Englisch, Französisch, Vietnamesisch und Kantonesisch sprach, und ein amerikanischer Reporter, der ihn besser als ich gekannt und nach seinem Tod eine Geldsammlung unter Freunden und Kollegen organisiert hat, weist mit Recht darauf hin, dass Sok Sinn frei erfundene Geschichten zum Besten gab, um namhafte Journalisten, die ihn als Führer und Dolmetscher anheuerten, durch üble Nachrede zu diffamieren. Vermutlich, so der Reporter, sei Sok Sinn schwul gewesen und habe sich beim ungeschützten Geschlechtsverkehr mit HIV infiziert. Dass er verheiratet und Vater zweier Töchter war, ist nur scheinbar ein Widerspruch, weil die Bisexualität in Südostasien weitverbreitet ist.

2

Sok Sinn sah aus wie Buster Keaton, er war schlaksig, groß und wusste nicht, wohin mit den feingliedrigen Fingern, die eher zu einem Konzertpianisten als zu einem Reisbauern passten und die er unauf-

hörlich massierte oder an langen Armen im Kreis
herumwirbeln ließ wie die Windmühlen, gegen die
Don Quijote zu Felde zog. Dann wieder ähnelte er
Dürers Mutter mit fromm gefalteten Händen und
himmelwärts gerichtetem Blick und, wenn er die
Augen niederschlug, dem Denker von Rodin. Oder
aber – das ist der bessere Vergleich – dem *Grauen*,
dem Peter Schlemihl seinen Schatten verkauft: Ein
Wiedergänger des ewigen Juden, der Schlemihls
Schatten mit der Schere abschneidet und in einem
Futteral verschwinden lässt: Ein von Chamisso ge-
schilderter Vorgang, der schwer nachzuvollziehen
ist, abgesehen von der Frage, um was für ein Futteral
es sich handelte, einen Rucksack oder Tornister vielleicht? Ich lasse die Frage unbeantwortet und hefte
mich stattdessen an die Fersen Sok Sinns, der mit
raumgreifenden Schritten das Ufer des Tonle Sap
abschreitet, eine verschlammte Uferböschung, auf
der kleine Feuer schwelen, deren beißender Rauch
mir Tränen in die Augen treibt. Abertausende sil-
bern blitzender Fische werden hier mit Netzen gefangen und in Bottichen zu Öl zerkocht, eine übel-
riechende Brühe, die in Kambodscha als Delikatesse
gilt, selbst die safrangelb gewandeten Mönche un-
terbrechen ihre Meditation und verlassen Tempel
und Klöster, um sich am Fischöl zu laben. Nur Sok
Sinn gießt Wermut in die allgemeine Euphorie, weil
seiner Ansicht nach die Kunst der Fischölzuberei-
tung nicht mehr richtig ausgeübt wird, und um den
Rauch nicht einzuatmen, presst er sein Halstuch vor
die Nase, lüftet den Deckel von einem Topf und

zeigt tadelnd auf die blubbernde Brühe, aus der ekelerregender Gestank aufsteigt. Ich verstehe nicht, was er sagt, weil ich der Khmer-Sprache nicht mächtig bin, aber es ist klar, dass Sok Sinn etwas kritisiert, eine fehlende Zutat oder ein nicht vorhandenes Gewürz, denn er ist ein Besserwisser, der unser Taxi anhalten lässt, um Mönche oder Kinder zurechtzuweisen, weil sie Gebete falsch verrichten oder Wasserbüffel nicht richtig unter das Joch spannen. Sok Sinn führt unangemeldete Kontrollen in Garküchen durch, wo er Reis- und Nudelgerichte, Entenragout und Lotusgemüse probiert und echte oder eingebildete Mängel moniert. Nur wenige Restaurants werden seinen strengen Qualitätskriterien gerecht, und vielleicht ist das der Grund, warum wir, statt auf direktem Weg von Battambang nach Pailin zu fahren, einen zeitraubenden Umweg machen, um dem Noodle-Mountain und der dazugehörigen Pagode einen Besuch abzustatten, wo es, dem Vernehmen nach, die beste Nudelsuppe Kambodschas gibt, die wie Weißwürste in München nur bis zwölf Uhr mittags serviert wird, danach macht die am Fuß des Nudelbergs gelegene Garküche die Pforten dicht.

3

Ein chinesischer Reisender der Tang-Dynastie verglich Kambodscha mit einem Inselarchipel, in dem Fische auf Bäumen wuchsen. Das war nicht übertrieben, denn wenn die jährliche Überschwemmung zurückgeht, will sagen: wenn der Tonle Sap die Laufrichtung ändert und statt ins Landesinnere ins Meer strömt, zappeln Fische in den Baumwipfeln und später, wenn das Wasser abfließt, im nassen Gras. Der Nudelberg ist ein Zeugenberg, der sich als Säulenstumpf über grüne Niederungen erhebt, in die von Knaben gelenkte Wasserbüffel mit Holzpflügen Furchen ziehen und gebückte Frauen Reisbüschel pflanzen, letzter Rest einer Hochebene, die der Monsunregen erodiert und ins Meer gespült hat, wo er am Rand des Festlandsockels eine kilometerdicke Sedimentschicht hinterließ.

Am Fuß des Nudelbergs, von dem nicht klar ist, ob er nach dem gleichnamigen Restaurant oder das Restaurant nach ihm benannt ist, am Fuß des Nudelbergs also parken Lastwagen, deren Chauffeure sich schwitzend und schwatzend an Suppen und Eintopf gütlich tun, der von einer schlitzäugigen Köchin, die wie die Venus von Willendorf aussieht, eine schamanische Muttergottheit aus vorbuddhistischer Zeit, mit der Kelle ausgeteilt wird – Nachschlag gibt's gratis. Übrigens essen die Kambodschaner nicht mit Stäbchen, wie ich irrtümlich annahm, sondern mit Blechlöffeln, die sie vorher sauber wischen an ihren Hals- und Kopftüchern, die ihnen als Wasch- und Putzlappen dienen. Ich widerstehe der Versuchung, an dieser Stelle einen Exkurs über einen Truck Stop in San Francisco einzuschalten, wo ich den besten Brunch der Welt vorgesetzt bekam, bestehend aus Pfannkuchen mit Ahornsirup, Rührei mit Bratkartoffeln, Kidneybohnen und Speck, dazu Kaffee und Orangensaft, und empfehle den Lesern die Schilderung eines kalifornischen Frühstücks in John Steinbecks *Cannery Row*, damit ihnen das Wasser im Mund zusammenläuft. Erst nach dieser Parenthese klinke ich mich wieder in meine Geschichte ein.

Vollgestopft mit Reisnudeln, Hühnerfleisch und Zitronengras, das wie in einer Wäschetrommel in meinem Magen rumorte, stieg ich in der Mittagshitze auf einem gewundenen Pfad zur Pagode der sieben Tugenden und elf Wohlgerüche hinauf, während Sok Sinn unter dem Palmstrohdach des Restaurants, dessen Besitzerin die Reste der Nudelsuppe an ihre Enten verfütterte, Mittagsschlaf hielt und unser Chauffeur, ein Ex-Kindersoldat der Roten Khmer, sich eine von mir spendierte Camel ohne Filter anzündete. Auf dem Vorplatz der Pagode empfing mich mit tiefer Verbeugung der in eine gelbe Kutte gehüllte Bonze des Klosters und führte mich mit Bücklingen zu einem Schrein, nein: einem Hochaltar, dessen Inhalt aus aufeinandergestapelten Totenschädeln bestand, Opfer der Roten Khmer, wie der aus seiner Siesta erwachte Sok Sinn erläuterte: Auf Befehl von Bruder Nummer eins, dozierte er, hätten die Machthaber des Demokratischen Kampuchea die Pagoden als Killing Fields missbraucht und an buddhistischen Mönchen blutige Exempel statuiert, bevor sie weitere Bevölkerungsgruppen dezimierten: Feudalherren, Großbauern, rechte Elemente, schlechte Elemente, Machthaber, die den kapitalistischen Weg gingen, Kinder von Klassenfeinden und stinkende Intellektuelle – damit waren Brillenträger, Ärzte und Lehrer gemeint, die im Ausland gelebt und Fremdsprachen gelernt hatten. Wer Englisch oder Russisch sprach, galt automatisch als CIA- oder KGB-Agent und hatte sein Leben verwirkt – nur für Bruder Nummer eins, Saloth Sar alias Pol Pot, der an der Sorbonne studiert hatte und für Verlaine schwärmte, machte man eine Ausnahme.

Ich kann nicht sagen warum, aber statt über die tragische Dimension des Menschheitsverbrechens nachzudenken und die gespaltenen Schädel zu betrachten, die der Bonze des Klosters mit Blütenblättern bestreute, um die Geister der Toten zu besänftigen, dachte ich nach über die Bezeichnung *Killing Fields*, die mir unpassend erschien, weil wir uns nicht in der Ebene, sondern auf einem Berggipfel befanden. Dabei fiel mir die Leuchtschrift *Rooftop Bierkeller* ein, die ich in Tokio oder Seoul gesehen hatte, und ich lachte leise vor mich hin: eine unangebrachte Heiterkeit, in die Sok Sinn, gefolgt von dem Chauffeur, der sich zu uns gesellt hatte, laut einstimmte, weil Lachen ansteckend wirkt und in Asien keinen Frohsinn ausdrückt, sondern Verlegenheit oder Scham – Japanerinnen kichern stets hinter vorgehaltener Hand.

4

Eine rotweiß gestrichene Barriere trennte das Territorium der Roten Khmer, die sich auf der Flucht vor der vietnamesischen Armee in Dschungelbasen an der Grenze zu Thailand verschanzten, vom Rest des Landes. In einer bizarren Ironie der Geschichte hatten die Vereinten Nationen das Pol-Pot-Regime, oder das, was von ihm übrig geblieben war, zur rechtmäßigen Regierung erklärt. Trotzdem oder gerade deshalb setzte jeder Ausländer, der unangemeldet das Gebiet der Roten Khmer betrat, sein Leben aufs Spiel: Nicht nur Reporter und Journalisten, auch Rucksacktouristen, die sich im Dschungel verirrten, wurden von Kindersoldaten verschleppt und gnadenlos liquidiert. Das Wort Dschungel ist eigentlich fehl am Platz, denn es handelt sich um niedrigen Buschwald, in dem es keine Tiger mehr gibt – ihre Knochen und Zähne wurden als Aphrodisiakum nach China verkauft und dienten, wie der illegale Export von Tempelfriesen aus Angkor Wat, den Roten Khmer zum Auffüllen der Kriegskasse. Gefährlicher als Tiger waren Malariamücken, von denen es im feuchtheißen Dickicht wimmelte, und noch gefährlicher als Moskitos waren die auf keiner Landkarte verzeichneten Minen, die amerikanische oder vietnamesische Soldaten und Kämpfer der Roten Khmer verlegt hatten. Sok Sinn hatte mir eingeschärft, stets in der Fahrspur des Autos zu bleiben, statt in den Straßengraben oder an den nächsten Baum zu pinkeln, und ihm, falls er auf eine Mine trat, *keine* Hilfe zu leisten, selbst wenn er noch so laut schrie, da sonst nicht nur ein, sondern zwei Invaliden zu versorgen wären. Und er riet mir, mich nicht als Reporter, sondern als deutscher Unternehmer auszugeben, der nach Pailin gekommen sei, um Straßen zu bauen. Erst kürzlich habe der ständige Ausschuss des Zentralkomitees, vergleichbar dem Politbüro der SED, beschlossen, ausländische Investoren willkommen zu heißen, und zur Unterstreichung des Sinneswandels habe man Pol Pot entmachtet, unter Hausarrest gestellt und nach seinem mit einer Überdosis Chinin herbeigeführten Tod auf einem Haufen Autoreifen verbrannt – vor den Kameras der Weltpresse, deren Vertreter aus Bangkok eingeflogen und auf Schleichwegen über die Grenze geschleust worden waren. Ich solle mich als Experte für Straßenbau ausgeben, meinte Sok Sinn, und auf Befragen das Wort *Crusher* murmeln, das mir Tür und Tor öffnen werde.

Ein Crusher ist eine Maschine zum Zerkleinern von Felsbrocken, die einen abschüssigen Berghang in wenigen Tagen in eine befahrbare Piste verwandeln kann, und nachdem Sok Sinn dem Posten das Codewort *Onkel* zugerufen und ihm eine Camel ohne Filter zugesteckt hatte, winkte der Kindersoldat im schwarzen Pyjama uns ohne Kontrolle durch: Die Führer der Roten Khmer, von Parteikadern Bruder, von Außenstehenden Onkel genannt, wurden nicht mit ihren richtigen Namen, sondern mit Decknamen angesprochen, die nur Eingeweihte kannten.

Die Fahrt ging in Serpentinen den Berg hinauf.
Links und rechts der Piste durchwühlten nackte
Kinder und Männer in Badehosen, bis zur Hüfte im
Wasser, den Schlamm auf der Suche nach Halbedel-
steinen, die nach dem Einsatz des Crushers, der
in einer scharfen Kurve weiter oben am Hang mit
Motorschaden festsaß, im Geröll zurückblieben. Der
Übergang vom Steinzeit-Kommunismus zum Man-
chester-Kapitalismus – man kann auch Globalisierung sagen – vollzog sich mit atemberaubender Geschwindigkeit. Seit Angkar, die allwissende Partei,
die Einführung der Marktwirtschaft beschlossen
hatte, waren die Kader der Roten Khmer zu Gold-
suchern geworden, buchstäblich und nicht im übertragenen Sinn: *Enrichissez-vous* hieß die alte und neue
Devise – bereichert euch! Karaoke-Bars und Bordelle
mit vietnamesischen Prostituierten – die käufliche
Liebe kommt stets aus dem Nachbarland – schossen
wie Pilze aus dem Boden, thailändische Touristen
wurden mit Chartermaschinen eingeflogen und von
Animierdamen mit geschlitzten Seidenkleidern in
die Casinos gelotst, um zu Hause verbotenen Glücks-
spielen zu frönen, rot befrackte Croupiers beugten
sich über grün bespannte Spieltische, auf denen
Dollarbündel die Besitzer wechselten, von Kindersoldaten mit Kalaschnikows argusäugig bewacht,
während sich vor der Drehtür Schweine suhlten,
Enten paddelten und Touristen mit Rollkoffern kli-
matisierten Bussen entstiegen, und, vorsichtig einen
Fuß vor den anderen setzend, über schmale Stege
balancierten.

Das Zauberwort Crusher eröffnete uns einen privilegierten Zugang zum Gästehaus der Roten Khmer, das, wie Sok Sinn mir zuflüsterte, für VIPs reserviert war, die er *Top Brass* nannte, eine viktorianische Villa mit holzgeschnitztem Balkon, der die zum Rotlichtbezirk gewordene Stadt überragte, ein Konglomerat stockfleckiger Wellblechhütten, auf deren Dächern Leuchtreklamen blinkten, um den Roten Khmer die Segnungen des westlichen Way of Life zu vermitteln. Wir checkten ein, wie man auf Neuhochdeutsch sagt, füllten die Anmeldeformulare aus und nahmen die Zimmerschlüssel in Empfang, und trotz der vorgerückten Stunde bestand Sok Sinn darauf, dem Sohn von Ieng Sary einen Besuch abzustatten, der das Demokratische Kampuchea als Außenminister und Botschafter bei den Vereinten Nationen in New York vertreten hatte und jetzt in Pailin sein Gnadenbrot verzehrte, während die Schlinge der internationalen Fahnder sich immer enger um ihn zusammenzog. Stig Hammarberg, der Vorsitzende des UN-Tribunals zur Sühnung des Völkermords, hatte einen Haftbefehl gegen ihn erwirkt, dessen Umsetzung die Regierung in Phnom Penh verzögerte, weil führende Politiker, einschließlich des Staatschefs Hun Sen, ins Unrechtsregime der Roten Khmer verstrickt gewesen waren. Doch es schien nur eine Frage der Zeit, bis Ieng Sary, dem Beispiel von Bruder Nummer zwei und Nummer drei folgend, sich den Justizbehörden stellen würde, die, anders als Pol Pots Revolutionstribunal, die Überläufer mit Blumengirlanden begrüßten und ihnen, nachdem sie ihre Verbrechen bedauert hatten, milde Haftbedingungen einräumten. »Sorry, very sorry«, hatte Khieu Samphan gemurmelt, und der zum Buddhismus konvertierte Nuon Chea hatte hinzugefügt, mehr als die ermordeten Menschen täten ihm die von den Roten Khmer getöteten Tiere leid. Wenn es nach den reuigen Sündern ging, war die Ermordung von bis zu zwei Millionen Menschen inzwischen verjährt.

»Das ist die gute Nachricht. Wenn aber die Regierung meinen Vater mit Gewalt festzunehmen versucht wie kürzlich Ta Mok, garantiere ich für nichts«, warnte Ieng Sarys ältester Sohn Ieng Vuth, der mir vor einer mit Blut gesprenkelten Wand gegenübersaß, an der keine Menschen, sondern Moskitos exekutiert worden waren; eine Stechmücke, die sich an seiner Stirn festsaugte, bezahlte ihren Wagemut mit dem Leben. So werde es allen ergehen, die sich mit den Roten Khmer anlegten, fügte Ieng Vuth hinzu, dessen Worte Sok Sinn auf Englisch übertrug: Europäer aber, die in Kambodscha investieren wollten, seien willkommen, insbesondere Unternehmer aus Deutschland, dessen Technik weltweit unübertroffen sei. Er wisse, wovon er rede, denn trotz der mit Schlaglöchern übersäten Straßen laufe sein Mercedes einwandfrei. Dann kam Ieng Vuth zur Sache und erkundigte sich, wann und zu welchem Preis ich ihm den dringend benötigten Crusher liefern könne.

Ich antwortete ausweichend, und zum Abschied gab
der zum stellvertretenden Bürgermeister gewählte
Sohn von Bruder Nummer vier – oder war es Bruder
Nummer drei? – mir einen Zettel, auf den er seinen
Namen und die Nummer seines Mobiltelefons kritzelte. Zehn Minuten später – die Leuchtreklamen
waren erloschen, ringsum die vom Schwirren der
Fledermäuse und vom Zirpen der Zikaden erfüllte
Tropennacht – traf ich Ieng Vuths Vetter, der die Tür
der auf einem Hügel gelegenen Radiostation hinter
sich schloss. Sein Name ist mir entfallen: Ich weiß
nur noch, dass Saloth Sar alias Pol Pot ihn seiner
wohlklingenden Stimme wegen zum Rundfunk-
sprecher ausbilden ließ und dass der einstige Chef-
propagandist, der Falschmeldungen über militä-
rische Siege und Rekordernten der Roten Khmer im
Radio verlesen hatte, jetzt Wunschkonzerte und
Tipps für die Landwirtschaft moderierte und mit
einem selbst komponierten Song den ersten Preis
eines Schlagerwettbewerbs gewann. Der Song hieß
Bye-bye red light, und sein Text lautete: »Früher sorgte
Angkar für mich, heute aber, wo es alles zu kaufen
gibt, habe ich kein Geld, sitze allein am Lagerfeuer
und vertreibe die Mücken mit Rauch ...«

Wie zur Illustration dieser Worte sah ich, ins Gästehaus zurückgekehrt, den Schatten eines Einbrechers,
der, übers Bett gebeugt, meinen Koffer durchwühlte.
Ich blendete ihn mit dem Lichtkegel der Taschenlampe, aber der Eindringling war schneller und
sprang, bevor ich ihn zur Rede stellen konnte, über

die Brüstung des Balkons in die Tiefe, wo er im nachtdunklen Gebüsch verschwand. *Schlop* rief Sok Sinn, während ich mein Gepäck untersuchte – zum Glück war alles an seinem Platz, der Dieb hatte keine Beute gemacht. Erst später begriff ich den Sinn seines Ausrufs: *Schlop* hießen Spitzel und Spione, meist Kinder, die, unter Betten versteckt, intime Gespräche belauschten, Familiengeheimnisse oder regimekritische Äußerungen verrieten und Unschuldige der Justiz ans Messer lieferten.

Als ich früh am Morgen vor einem Klinkerbau aus dem Auto stieg – keine Luxusvilla, sondern ein einstöckiger Bungalow –, stand ein kahlköpfiger Greis auf der Veranda, der mit der Gartenschere Blumen schnitt. Im hellen Anzug, mit Strohhut und Sonnenbrille, sah er aus wie Erich Honecker: Ein Rentner im Garten, vor dem Hintergrund einer Bergkette, über der sich Schäfchenwolken ballten – ein von keinem Schatten getrübtes, idyllisches Bild. Vielleicht ging dem alten Mann, während er wuchernde Triebe kappte, der Slogan durch den Kopf, der den Massenmorden der Roten Khmer zugrunde lag: »Tok min chom nenh, dah chen ka, min khat« – behalten wir dich, kein Gewinn, merzen wir dich aus, kein Verlust!

Ich reiche Ieng Sary meine Visitenkarte über den Zaun und frage ihn erst in Englisch, dann auf Französisch, ob er bereit wäre, gegen Khieu Samphan oder Nuon Chea vor dem UN-Tribunal auszusagen?

Aber der Ex-Außenminister der Roten Khmer ist nicht zum Gespräch aufgelegt. »Öffnet man das Fenster, kommen Fliegen ins Haus«, ruft er und zieht die Tür hinter sich zu, während ein grimmig blickender Leibwächter mich aus dem Vorgarten jagt.

5

Das Wichtigste hätte ich fast vergessen: Das Zusammentreffen mit Him Huy, dem Folterchef von Tuol Sleng und Chefhenker Pol Pots, den ich durch Vermittlung von Sok Sinn in Anlong San traf, einem entlegenen Dorf am Ende einer holprigen Piste, die nicht instandgesetzt wurde, weil die Anwohner bei der letzten Wahl für die Oppositionspartei gestimmt hatten. Him Huy sei draußen auf dem Feld, sagt seine Frau, die in einer auf Stelzen stehenden Hütte, umgeben von rotznäsigen Kindern, auf einer als Tisch und Bett dienenden Plattform hockt: Hätte sie gewusst, wer er war, hätte sie Him Huy nicht geheiratet, doch für seine Taten habe er schon genug gebüßt. Die vietnamesischen Besatzer hätten ihn erst zum Tode und dann zu einer Gefängnisstrafe verurteilt, die er voll abgesessen habe, und anders als höhere Kader der Roten Khmer, die noch oder wieder in Amt und Würden seien, lebe er von seiner Hände Arbeit und könne nur mit knapper Not seine Familie ernähren.

»Spricht man vom Teufel, ist er auch schon da«, ruft Sok Sinn und zeigt auf einen untersetzten Mann, der mit geschulterter Hacke, die Waden mit Schlamm bespritzt, näherkommt, gefolgt von einer watschelnden Entenschar. Er sieht aus wie der Mörder Moosbrugger in Robert Musils *Mann ohne Eigenschaften*; Entenküken knabbern an meinen Hosenbeinen, während Sok Sinn wissen will, ob Him Huy bereit sei, uns nach Phnom Penh zu begleiten und dort mit Überlebenden von Tuol Sleng zu sprechen. Die beiden werden schnell handelseinig, und auf der vierstündigen Autofahrt lässt Him Huy mich ein unter seiner Kopfhaut sitzendes Schrapnell befühlen, das ihn beinahe getötet hätte, und erzählt, von Sok Sinn übersetzt, wie er vom Kindersoldaten zum Folterchef aufstieg.

Sein Lebenslauf ist exemplarisch: 1973, mit neunzehn, wurde er von den Roten Khmer zwangsrekrutiert, militärisch gedrillt und in Mak-Lenin ausgebildet – so hieß in der Khmer-Sprache die marxistisch-leninistische Ideologie. Von achthundert Soldaten seines Bataillons fielen die meisten im Kampf um Phnom Penh, er selbst wurde verwundet ins Feldlazarett eingeliefert, ganz in der Nähe von hier. Him Huy zeigt nach draußen, wo Dorfkinder einen Elefanten mit Zuckerrohr füttern. Nach der Genesung wollte er zu seinen Eltern zurück, aber Angkar, die allmächtige Partei, verbot es ihm, und er wurde nach S-21 versetzt, wo er vom Wärter zum stellvertretenden Sicherheitschef aufstieg.

S-21 war der Codename von Tuol Sleng. So hieß das in einer ehemaligen Oberschule untergebrachte Folterzentrum der Roten Khmer. Von Juni 1976 bis Januar 1979 wurden hier 15 000 Menschen zu Tode gequält: Männer und Frauen, Kinder und Greise aller Bevölkerungsschichten, darunter auch Ausländer wie die Besatzung einer vor der Küste gestrandeten Segelyacht, aus Europa heimkehrende Diplomaten und Studenten, die am Flughafen verhaftet und nach S-21 verfrachtet wurden, Beamte und Offiziere des alten Regimes und als Abweichler verdächtige Kader der Roten Khmer mitsamt ihren Angehörigen. In zu Haftzellen umfunktionierten Klassenzimmern wurden sie auf dem Fußboden angekettet und so lange viehisch gefoltert, bis sie zugaben, vietnamesische Agenten oder Spione des CIA oder KGB zu sein, von dem die meisten von ihnen noch nie gehört hatten. Anschließend wurden sie auf Lastwagen zu am Stadtrand gelegenen Killing Fields gekarrt und mit verbundenen Augen vor einer Grube aufgereiht, wo man sie mit Stöcken und Spaten erschlug, lebend oder halbtot in Massengräber warf oder auf Kokosplantagen verscharrte.

Am nächsten Morgen besichtigen wir das Gefängnismuseum von Tuol Sleng. »Damals war es schmutziger hier«, sagt Him Huy, »es roch nach Exkrementen und Blut.« Als Hommage an die Opfer des Völkermords hängt eine aus Knochen und Schädeln zusammengesetzte Landkarte von Kambodscha an der Wand, neben Fotos der Ermordeten und Gemälden, auf denen das Grauen in düsteren Farben evoziert wird. Die Bilder scheinen mir übertrieben, doch Him Huy meint, alles sei richtig dargestellt außer der Tötung der Babys, die nicht auf Bajonette gespießt, sondern gegen Baumstämme geschleudert worden seien. Hat er dabei Hand angelegt? Nein, er habe nur zugesehen.

Wir stehen vor einem Schaukasten, in dem das Arsenal der Folter- und Mordwerkzeuge ausgestellt ist: Schaufel, Hacke, Spaten, Hammer, Axt, Säge, Zange, Gartenschere, Gießkanne, Bottich und Schlauch – der Inhalt eines Gartenschuppens. Ich frage Him Huy, welches Gerät am besten zum Töten geeignet war. Ohne zu zögern, zeigt er auf ein Armiereisen und fährt wie ein Angler, der einen zappelnden Fisch erschlägt, mit dem Zeigefinger durch die Luft. Im Nachhinein sehe er manches anders, sagt Him Huy im Hinausgehen, beim Gedanken daran, wie leicht er im Massengrab hätte enden können. Die Wachsoldaten wurden turnusmäßig ausgewechselt, viele von ihnen liquidiert.

6

»Es ist schwer zu glauben, dass eine einzige Person über tausend Menschen getötet haben soll«, meint Vann Nath, der mich in einer zum Atelier umgebauten Garage erwartet, die der Staat ihm als Haftentschädigung zuerkannt hat. »Him Huy lügt – die wirkliche Zahl seiner Opfer dürfte weit höher liegen. Das habe ich ihm auf den Kopf zugesagt, als er mir beim Lokaltermin in Tuol Sleng gegenüberstand. Ich zitterte vor Zorn und hätte ihn am liebsten umgebracht. Aber inzwischen empfinde ich nicht mal Verachtung, nur noch Mitleid mit ihm, denn Him Huy ist heute ein armer Bauer und kein gefürchteter Folterchef mehr.«

Vann Nath ist einer von nur sieben Gefangenen, die Tuol Sleng überlebt haben. Fünfundzwanzig Jahre nach der Befreiung durch die vietnamesische Armee fällt es ihm immer noch schwer, von seinen Erfahrungen zu sprechen. Er leidet an posttraumatischem Stress – in ständig wiederkehrenden Alpträumen werden die Handschellen, mit denen er an ein eisernes Bettgestell gefesselt ist, unter Strom gesetzt. Vann Nath stammte aus Battambang, der zweitgrößten Stadt Kambodschas, wo er Kunst studiert und Kinoplakate gemalt hatte. An seinem zweiunddreißigsten Geburtstag wurde er nach Tuol Sleng eingeliefert. »Der 7. Januar 1978 war der schwärzeste Tag meines Lebens. An diesem Tag wurden meine Haare weiß.«

In einem zur Massenzelle umgebauten Klassenzimmer wurde er mit vierzig Mitgefangenen auf dem Kachelboden angekettet. Reden war verboten, sich ohne Erlaubnis zu bewegen ebenfalls, wer austreten wollte, musste die Wachposten um Erlaubnis bitten.

Das Essen bestand aus Reissuppe, und die Häftlinge waren so ausgehungert, dass sie Spinnen und Kakerlaken verzehrten. Vann Nath hatte bereits mit dem Leben abgeschlossen, als der Kommandant von S-21, Deuch, ihn in sein Büro bestellte. »Du bist also Maler«, sagte der Himmler des Pol-Pot-Regimes, dessen Name wie das Wort deutsch ausgesprochen wird. »Weißt du, wer das ist?« Er zeigte auf ein über seinem Schreibtisch hängendes Foto von Pol Pot. »Ich kenne den Mann nicht«, erklärte Vann Nath wahrheitsgemäß, denn die Identität von Bruder Nummer eins unterlag der Geheimhaltung, und er hatte noch nie ein Bild von Pol Pot gesehen. »Ist es Khieu Samphan?« Deuch lachte. »Hör mir gut zu. Du sollst eine realistische, saubere, korrekte und würdige Kopie dieses Fotos anfertigen. Schaffst du es, lassen wir dich am Leben, wenn nicht, kommst du als Dünger aufs Feld. Ordne dich den Volksmassen unter und befolge alle Befehle, die Angkar dir gibt.«

Vann Nath bekam eine Einzelzelle, saubere Kleider und besseres Essen zugeteilt und malte zwölf Monate lang von frühmorgens bis spätabends, während Schreie von Gefolterten aus den Verhörräumen drangen, Porträts von Pol Pot, die Parteibüros, Fabrikhallen und Werkskantinen im Demokratischen Kampuchea schmückten. Später kamen Zementbüsten von Bruder Nummer eins hinzu, und ein Soldat der Roten Khmer wurde ihm als Lehrling zugeteilt: Dem brachte er so wenig wie möglich bei, eingedenk des Diktums von Pol Pot, dass ein guter Schüler den Lehrer überflüssig macht. Wie die Kolossalköpfe und Statuen der Gottkönige des alten Angkor-Reichs waren Zementbüsten und Porträts von Pol Pot die einzige Form von Kunst, die bei den Roten Khmer zugelassen war. Bei der Evakuierung des Gefängnisses gelang Vann Nath die Flucht. Bevor Deuch sich ins Grenzgebiet zu Thailand absetzte, ließ er alle in S-21 verbliebenen Häftlinge liquidieren, aber er hatte nicht mehr genug Zeit, um das Archiv des Gefängnisses zu zerstören, das heute eine Gedenkstätte beherbergt.

Ein Jahr nach der Befreiung kehrte Vann Nath nach Tuol Sleng zurück und malte eine Serie von Ölbildern, auf denen er das Foltern und Morden für die Nachwelt dokumentiert hat. Wir trinken Tee auf der Dachterrasse, umgeben von idyllischen Bildern, auf denen Wasserbüffel und flötenspielende Hirten zu sehen sind. Auf meine Frage, was die Nachricht vom unrühmlichen Ende Pol Pots bei ihm ausgelöst hat, schüttelt er müde den Kopf: Kein Triumphgefühl, nur Enttäuschung, dass der Despot im Bett gestorben ist und seine Schuld mit ins Grab genommen hat. »Aber wer weiß, was wirklich geschah? Die Roten Khmer haben Pol Pot zum Selbstmord gezwungen. Sein Leben war der Preis, den Khieu Samphan und Nuon Chea für den Übertritt ins Regierungslager bezahlten. Oder ist Pol Pot gar nicht tot?«

Zusammen mit Vann Nath besuche ich das außerhalb von Phnom Penh gelegene Choeung Ek, eins von Hunderten über ganz Kambodscha verstreuten Killing Fields. In der als Mahnmal dienenden Pagode sind 8985 Schädel aufgeschichtet, nach Alter und Geschlecht geordnet, darunter die Köpfe von neun Europäern – die Überreste von den Roten Khmer ermordeter Amerikaner wurden in die USA überführt. Obwohl oder weil erst 86 der 129 Massengräber geöffnet worden sind, habe ich das Gefühl, auf einem Leichenberg zu stehen. Beim Scharren mit der Schuhspitze kommen in Lumpen gehüllte Knochen zum Vorschein, die der Monsunregen an die Oberfläche spült; Kleiderfetzen und Gummisandalen haben ihre einstigen Träger überdauert. Ringsum weiden Rinder und Pferde, Vögel zwitschern und japanische Touristen klauben Zähne vom Boden auf, um sie als Souvenirs mit nach Hause zu nehmen. Die Inschriften sprechen für sich: Wartesaal des Todes; Erdloch mit Frauen- und Babyschädeln; Massengrab mit 450 Leichen, Grube mit 150 Gerippen ohne Kopf. »Vielleicht werden die Mörder nie bestraft«, sagt Vann Nath, »aber der Gerechtigkeit ist Genüge getan, denn nach buddhistischer Auffassung werden gute Taten belohnt und böse gesühnt. Der Bauer erntet Reis, der Fischer fängt Fisch, und die Führer der Roten Khmer ernten den Tod, den sie gesät haben.«

7

Auf dem Rückflug meldete die verdrängte Vergangenheit sich zurück: Die in Massengräbern verwesten Opfer der Killing Fields, die zu Tode Gefolterten von Tuol Sleng und die zu Pyramiden aufgeschichteten Schädel von Choeung Ek rumorten in meinem Magen, aus dem pestilenzialischer Gestank stieg, so dass die neben mir sitzende Mitarbeiterin der Ärzte ohne Grenzen sich entsetzt abwandte: Ihr sei schlecht, sagte sie zuerst auf Englisch, dann auf Italienisch, ihr sei schlecht, sie müsse sich übergeben. Und sie bat die Stewardess, sie anderswo zu platzieren, weit weg von mir, um dem Verwesungsgeruch zu entgehen, der wie Giftgas meinen Bauch aufblähte und sich durch Mund- und Nasenlöcher einen Weg nach draußen bahnte. Die Sitznachbarn drückten sich Taschentücher vors Gesicht und rückten von mir ab, und die Stewardess fragte, ob ich ärztliche Hilfe benötigte. – Nein, sagte ich und schüttelte heftig den Kopf, ich fühlte Brechreiz hochsteigen und rüttelte vergeblich an einer von innen verriegelten Toilettentür, bis die Stewardess mich *upgradete*, wie der Fachausdruck hieß, und umsetzte in die halbleere Business Klasse, wo ich mich, die Kloschüssel umklammernd, würgend übergab – hinterher fühlte ich mich besser. Und mir fiel ein, dass ich nach den Massakern in Haiti und Ruanda, die ich aus nächster Nähe mit angesehen hatte, unter ähnlichen Symptomen litt, als zerfräße das Leichengift, das ich eingeatmet hatte, von innen meine

Seele, oder als hätten die Toten die Sargdeckel auf-
gestemmt.

8

Die Ahnung, dass es jenseits der von Lebenden
bewohnten Welt eine zweite Wirklichkeit gibt, in
der Untote, die nicht sterben können, Kanalgitter
umdrängen, durch die trübes Licht in ihre unterirdischen Behausungen sickert – diese vage Ahnung
wurde zur Gewissheit, als ich im Transitbereich des
Flughafens Bangkok, wo ich die Wartezeit bis zum
Abflug der Lufthansa-Maschine überbrückte, eine
Gruppe illegaler Einwanderer traf, die aus Zentral-
afrika stammten: Staatenlose aus dem Kongo, damals noch Zaire genannt, die nicht seit Wochen,
sondern seit Monaten im Souterrain des Flughafens
vegetierten und kaum noch als Afrikaner zu erken-
nen waren, weil ihre vom Sonnenlicht abgeschirmte
Haut grünlich schimmerte. Transitpassagiere steckten ihnen Erdnüsse und Kartoffelchips zu – bekanntlich weckt man mit Salz Zombies aus ihrem
Todesschlaf. Die Kleinfamilie mit Vater, Mutter und
Kind war vor wirtschaftlicher Not und politischer
Unterdrückung aus Kinshasa geflohen mit nichts
als einem Flugticket und der Adresse ihres Onkels
im Gepäck. Die unfreiwillige Reise um die Welt
endete in Bangkok, weil die Asean-Staaten sich wei-
gerten, einem Asylbewerber mit schwangerer Frau,

die am Flughafen von Dili ein Baby gebar, das Blei-
berecht zu gestatten. Auch die Rückführung in die
Heimat kam nicht in Betracht, weil Osttimor keine
diplomatischen Beziehungen zu Zaire unterhielt,
das neuerdings Kongorepublik hieß, wodurch das in
den Pass gestempelte Visum seine Gültigkeit verlor.
Anders als der überflüssige Mensch im russischen
Roman, der untätig auf dem Sofa herumliegt, während sein Diener den Ofen heizt und die Köchin
Piroggen bäckt, lebten die Asylbewerber von dem
bisschen Geld, das Reisende, deren Koffer sie schlepp-
ten, ihnen zusteckten. Sie durchwühlten Mülleimer
und Papierkörbe nach Essbarem, argwöhnisch beäugt vom Putzpersonal, das Konkurrenten in ihnen
sah, und widerwillig geduldet vom Sicherheitschef,
der die Asylanten als Drogenkuriere und Spitzel zur
Überwachung des Transitbereichs einsetzte. Ich gab
dem Familienvater einen Fünfzigmarkschein, das
Monatssalär eines Kongolesen, und er bat mich,
seinen in Kanada lebenden Onkel, dessen Telefonnummer er auf meine Bordkarte kritzelte, anzurufen
und über den Verbleib seines Neffen zu informieren,
bevor ich mich mit Handschlag verabschiedete und
das nach Frankfurt startende Flugzeug bestieg.

DIE VERLOBUNG IN PORT-AU-PRINCE

1

Der Mantel der Geschichte hatte mich gestreift, doch diesmal war es mehr als der Luftzug der Bettdecke, die Frau Holle oder der liebe Gott schüttelt, bis Daunen herausrieseln und Wahr oder Falsch im Schneetreiben nicht mehr zu unterscheiden sind. Diesmal hielt ich nicht bloß einen Zipfel in der Hand – die ganze Wahrheit enthüllte sich, eine Geschichte, die mir die Sprache verschlug, weil im Vergleich dazu alles, was ich erdichtet und erfunden hatte, blass aussah.

»Warum lügst du so viel«, hatte Tante Jeanne, die im Mittelpunkt dieser Geschichte steht, mich gefragt, nachdem sie die französische Version meines Romans *Le Mariage de Port-au-Prince* durchgeblättert und den Text für unlesbar erklärt hatte. »Warum lügst du so viel?« – »Écoute, matante Jeanne«, erwiderte ich – auf Kreolisch heißt Tante *matante*, das Pronomen verschmilzt mit dem Substantiv: »Es geht um Literatur, nicht um Lüge; Fiktion ist der Fachausdruck dafür.« – »Alles, was du schreibst, ist erstunken und erlogen«, seufzte Matante Jeanne und klappte das Buch zu, nachdem sie meinen Einwand,

Shakespeare habe es genauso gemacht, gekontert hatte mit dem Ruf: »Aber du bist nicht Shakespeare!« Ein unwiderlegbarer Satz, der mich die Waffen strecken ließ, denn Literatur half nicht weiter angesichts der Wahrheit, die mich wie ein Blitz aus heiterem Himmel traf und aus meiner Schreibroutine katapultierte in eine verbotene Zone, durch die man sich wie in Tarkowskis Film *Stalker* am besten nach dem Zufallsprinzip bewegt, indem man Hufeisen in die eine oder andere Richtung wirft, weil das Gelände nuklear verseucht und nie kartographiert worden ist. Doch ich habe mich vom Ausgangspunkt meiner Geschichte entfernt.

2

Jede Familie birgt ein dunkles Geheimnis, das nicht besprochen, sondern beschwiegen und wie eine lästige Warze durch Zaubersprüche weggeredet werden soll – totschweigen ist das richtige Wort dafür. Statt die Leser weiter im Unklaren zu lassen, gehe ich in medias res: 1937 war das schlimmste Jahr der Stalinschen Säuberungen, nach den Opfern wurden die Täter, die Spitzel des NKWD in den Gulag deportiert und dort im Permafrostboden verscharrt; in Nanking massakrierten japanische Truppen die Zivilbevölkerung und bei der Rückkehr nach Berlin wurde Siemens-Chef Rabe des Hochverrats angeklagt, weil er Tausenden Chinesen das Leben gerettet hatte, während Ribbentrop in London über einen Beistandspakt mit Japan verhandelte und Goebbels die Reichspogromnacht vorbereitete. »Alles mehr oder weniger bekannt«, höre ich den geneigten Leser sagen, »aber was hat all das mit Tante Jeanne in Haiti zu tun?« – Sehr viel, aber lesen Sie selbst:

Deutsche Gesandtschaft für Haiti

An das Auswärtige Amt, Berlin

Port-au-Prince, den 28. Mai 1937

Der 23 Jahre alte deutsche Reichsangehörige (Arier) Willy Schlieker in Port-au-Prince hat sich mit einem Fräulein Jeanne Buch, Tochter des hiesigen reichs-deutschen Apothekers Wilhelm Buch, dessen Frau Mulattin ist, verlobt und beabsichtigt, sie dem-nächst zu heiraten. Ich habe ihn, als mir dies be-kannt wurde, kommen lassen und ihm auseinander-gesetzt, dass die Ehe nicht geschlossen werden dürfe, da aus ihr eine die Reinhaltung des deutschen Blu-tes gefährdende Nachkommenschaft zu erwarten wäre. Am nächsten Tag erschienen bei mir Herr Buch und seine Tochter. Herr Buch erklärte, dass vor einiger Zeit seinem Sohne, der in Deutschland Rechtsanwalt sei, auf seinen Antrag hin gestattet worden wäre, mit einem rein arischen deutschen Mädchen die Ehe zu schließen, und meinte, dass auch im vorliegenden Fall die Eheschließung gestattet werden müsste. Ich stellte ihm daraufhin anheim, einen Antrag an das preußische Ministerium des Innern zu stellen.

Herr Buch genießt in der deutschen Kolonie und in haitianischen Kreisen hohes Ansehen und ist ein Mann, der eine Reihe von notleidenden Volksgenossen in Haiti unterstützt und sich hier stets als guter deutscher Patriot gezeigt hat. Seine Tochter Jeanne, mit der Herr Schlieker die Ehe eingehen will, ist recht schwarz und hat das Aussehen einer Mulattin. Eine Befürwortung der Anträge des Herrn Buch bzw. des Herrn Schlieker konnte für mich nicht in Frage kommen.

Die Gesandtschaft in Havanna erhält Durchschlag dieses Berichts.

Gez. *unleserlich*

Es hilft nichts, der Giftschrank ist geöffnet, und von hier führt kein Weg zurück zur frommen Unschuld des Nichtwissens oder Nicht-so-genau-wissen-Wollens. Das Wort Giftschrank ist wörtlich zu nehmen, denn im Arzneischrank im Badezimmer bewahre ich eine jener Zyankalikapseln auf, mit denen Nazi-Größen wie Himmler, Goebbels und Göring ihr Leben beendeten, ein Souvenir aus dem Dritten Reich wie die Postkarte mit der zynisch klingenden Mitteilung »Es geht uns gut«, die die jüdische Großtante meiner Frau aus Auschwitz nach Dresden schickte und die den Adressaten erst erreichte, als die Absenderin sich in Rauch aufgelöst hatte – wörtlich, nicht im übertragenen Sinn. Zyankali auch hier, verabreicht in Gestalt von Zyklon B, das zu qualvollem Ersticken führt und nicht dafür missbraucht werden darf, Opfer und Täter in einen Topf zu stecken. Genau das ist Mode geworden, denn nicht nur Martin Walser, auch ich hatte die zur Schau gestellte Bußfertigkeit und Zerknirschung in Nachkriegsdeutschland gründlich satt – Auschwitz-Keule hieß das Unwort dafür. Hatte nicht Goethe gesagt, es gäbe kein noch so abscheuliches Verbrechen, von dem er sich nicht vorstellen könnte, es begangen zu haben? Hatte ich Napoleon nicht wegen seiner Tatkraft bewundert, und steckte nicht auch in mir etwas von Stalin und Hitler, den man hätte erfinden müssen, hätte es ihn nicht wirklich gegeben, als Verkörperung des Bösen und Sündenbock zur Entlastung des deutschen Volks?

Mein Engagement war aufgeweicht, die alles nivellierende Zeit hatte es verschlissen, mein Antifaschismus hing als abgetragener Rock, von Motten zerfressen, in der Garderobe, und ich war bereit, ihn Oxfam zu spenden oder zu entsorgen, als eine Laune des Schicksals, nein: ein französischer Historiker mir einen Schriftwechsel mailte, auf den er bei Recherchen im Archiv des Auswärtigen Amts gestoßen war. Plötzlich war alles anders, der Gifthauch des Nationalsozialismus schlug mir entgegen und der Horror von damals kam ganz nah, weil er meine

Eltern und mich betraf. Der Schatten der Vergangenheit fiel auf die Seite, und ich konnte nur weiterlesen mit feuchten Augen, durch einen Tränenschleier hindurch:

Auswärtiges Amt (Durchdruck)

An die deutsche Gesandtschaft für Haiti, Port-au-Prince

Berlin, den 30. Juni 1937

Auf die Berichte vom 28. Mai, 1. u. 2. Juni d. J.

Betr.: Eheschließung der Reichsdeutschen Willy Schlieker, Jeanne Buch mit Max Heinrich Théophilé und Walter Vöhringer als Trauzeugen

Wie in den nebenbezeichneten Berichten bereits ausgeführt, widerspricht die Eheschließung eines Reichsangehörigen deutschen Bluts mit einer Frau, die einen starken Einschlag von Negerblut hat, der Vorschrift des § 6 der ersten Verordnung zum Schutze des deutschen Blutes und der deutschen Ehre vom 14. November 1935. Die deutsche Gesandtschaft wird sich daher zunächst jeder Mitwirkung bei der Eheschließung Schlieker/Buch zu enthalten haben.

Es wird ergebenst gebeten, den Herrn Schlieker nochmals in geeigneter Form mündlich darüber zu unterrichten, dass die beabsichtigte Eheschließung vom deutschen Standpunkt äußerst unerwünscht ist, und ihm die Nachteile vor Augen zu führen, die für seine Nachkommen eintreten könnten, falls sie sich einmal in Deutschland niederlassen wollen. Zur Unterrichtung, wie sich in einem derartigen Falle eine deutsche diplomatische Vertretung zu verhalten hat, wird Ziffer 19 des Runderlasses vom 1. Oktober 1936 – 313 g – schriftlich mitgeteilt. Danach ist, wenn »ein mit standesamtlichen Befugnissen ausgestatteter deutscher diplomatischer Vertreter oder Konsul das Aufgebot oder die Eheschließung aus dem Grunde des § 6 der ersten Ausführungsverordnung versagen will«, über den Fall dem Auswärtigen Amt zu berichten. Dasselbe gilt, wenn der diplomatische Vertreter oder Konsul Bedenken hat, durch Ausstellung eines Zeugnisses oder in anderer Weise bei einer Eheschließung, die vor ausländischen Standesbeamten stattfinden soll, mitzuwirken. In dem Bericht sind die über die rassischen Verhältnisse der Verlobten getroffenen Feststellungen darzulegen und Stellungnahmen des politischen Leiters der Auslandsorganisation und des Vertrauensarztes sowie Lichtbilder der Verlobten (tunlichst je zwei Ganzaufnahmen von vorn und von der Seite) beizufügen. Das Auswärtige Amt übermittelt den Bericht dem Reichsminister des Innern, welcher – erforderlichenfalls nach Anhörung des Reichsausschusses zum Schutze des deutschen Bluts – darüber entscheidet, ob die beabsichtigte Eheschließung stattfinden kann.

Hierbei wird bemerkt, dass dieser Runderlass Ende vorigen Jahres über die Gesandtschaft in Havanna an die Gesandtschaft für Haiti abgegangen ist. Sollte er nicht dort eingegangen sein, so wird Nachfrage bei der Gesandtschaft in Havanna anheimgestellt. Falls Schlieker nicht die von ihm beabsichtigte Eheschließung aufgibt, wird ergebenst gebeten, die Angelegenheit, soweit möglich, entsprechend den vorstehend erwähnten Bestimmungen zu bearbeiten.

Zu den Berichten vom 1. d. M. – K. Nr. 32 – und vom 2. d. M. – K. Nr. 33 – wird bemerkt, dass die darin behandelten Eheschließungen ebenfalls gegen § 6 der ersten Verordnung zum Blutschutz-Gesetz verstoßen. Jedoch sind die geschlossenen Ehen weder nichtig noch anfechtbar. Die Beteiligten haben sich durch ihre Handlungsweise auch nicht strafbar gemacht.

Im Auftrag – gez. *unleserlich*

Ich fühlte mich wie beim ersten Blick in meine Stasi-Akte, der den Schleier von Ausflüchten und Illusionen zerriss und Ahnungen zu Gewissheiten werden ließ: Die Einschläge kamen näher. Mit fortschreitender Lektüre schlug die Empörung in Entsetzen um, und ich fragte mich, ob die Hydra des Nationalsozialismus wirklich tot war oder im Archiv des Auswärtigen Amts die Kriegs- und Nachkriegszeit überdauert hatte. Damit nicht alles falsch wird, folgt als Lichtblick aus einer anderen Welt ein Brief meiner Tante Jeanne vom April 1937, als sie noch nichts ahnte von dem Tropensturm, der sich über ihr zusammenbraute – bekanntlich ist Haiti die Heimat der Hurrikans:

Pharmacie W. Buch – Produits chimiques et pharmaceutiques
Fabrication d'ampoules stérilisées et de boissons gazeuses

Port-au-Prince, Haiti, le 17. 4. 1937

Liebe Tante Lilia,

Du bist wohl sehr erstaunt, von mir mal zu hören. Na, mir geht es gut, und wie Du wohl erfahren hast, habe ich mich verlobt und werde schon gegen Ende Mai heiraten. Vor allem möchte ich Dich bitten, mir einige Sachen zu besorgen, und sende Dir zu diesem Zweck durch Wiebke als Pfingstgeschenk RM 60.- und bitte Dich, Folgendes zu besorgen: 1 Tischtuch für ovalen Tisch 155 x 102 cm, also 1 Tischtuch etwa 220 cm x 160 cm in Weiß, wie Du für Maman gekauft hast mit 6 Servietten. 2 Tischtücher 160 x 160 cm mit je 4 Servietten aus Damast. Da ich keine Ahnung habe, wie viel die Sachen kosten, schicke ich Dir auf gut Glück diese Summe. Ich danke Dir im Voraus für Deine Mühe und hoffe, dass Du kein Problem mit der Versendung haben wirst. Vielleicht ist es am besten, wenn Du die Sachen direkt vom Geschäft schicken lässt. Hier gibt's nichts Neues. Maman geht es mit ihrem Bein viel besser, sie hat kaum Schmerzen. Lucienne arbeitet in der Apotheke, und ich ärgere mich mit der Aussteuer. Alles, was ich bis jetzt habe machen lassen, ist nicht gelungen.

Ich hoffe, dass es Euch gut geht und Ihr Gertas Hochzeit gut übersteht. Was machen Linde und Bubi? Euch allen herzliche Grüße, nicht zu vergessen dem Bräutigam – *Jeanne*

P. S. Wenn Du mal nichts zu tun hast, frag doch bitte für mich nach Messerbänkchen in einem Porzellangeschäft nach. Es gibt so hübsche aus weißem Porzellan mit Häschen oder Täubchen drauf. Ich wüsste gern den Preis, wollte eins zeichnen, doch es gelingt mir nicht.

Die Adressatin dieses Briefs, Lilia Katsch, geborene Laraque, die Schwester meiner haitianischen Großmutter Luce Laraque, hat trotz ihrer dunklen Hautfarbe die Nazizeit überlebt. Sie wohnte am Bayrischen Platz in Berlin, wo meine Tante Lucienne, die jüngste der vier Geschwister, bei ihr logierte und das nahgelegene Fritz Reuter-Gymnasium besuchte. Nach der Trennung von ihrem Mann, der sich auf Geheiß der Partei scheiden ließ, zog Lilia ins Westend, nicht weit vom Haus des Rundfunks in der Masurenallee. Dort soll sie bei Kriegsende die haitianische Flagge gehisst und Offizieren der Roten Armee erklärt haben: »Hier nix Deutschland, hier Haiti!« Daraufhin postierte die Sowjetarmee einen Rotarmisten vor dem Haus, der den Anwohnerinnen

Schutz vor Vergewaltigung bot, und versorgte die dunkelhäutige Dame mit Kartoffeln und Brot – der Familienlegende nach sogar mit einer lebenden Kuh, die erst gemolken und dann geschlachtet worden sein soll.

So weit, so gut – aber warum schrieb Jeanne im April 1937 einen Brief nach Berlin, wenn die Hochzeit schon sechs Wochen später stattfinden sollte? Warum bat sie nicht ihren älteren Bruder um Hilfe, also meinen Vater, der im März 1937 mit Frau und Kind nach Deutschland zurückkehrte? Darauf gibt es zwei mögliche Antworten: Entweder weil sie sich mit ihrem Bruder nicht verstand, oder weil sie sich erst nach seiner Abreise mit Willy Schlieker verlobt hatte.

An das Auswärtige Amt in Berlin über die deutsche Gesandtschaft in Havanna
Auf die Erlasse vom 30. Juni d. J. – R 11306 I und vom 30. Juli d. J. – R 13254

Port-au-Prince, den 7. September 1937

Ich habe Herrn Schlieker kommen lassen und ihn darüber unterrichtet, dass die von ihm beabsichtigte Eheschließung mit Fräulein Jeanne Buch vom deutschen Standpunkt äußerst unerwünscht wäre, und ihn auf die Nachteile hingewiesen, die für seine Nachkommen eintreten könnten, falls sie sich einmal in Deutschland niederlassen würden. Meine Ausführungen haben auf ihn, der doch früher in Deutschland SS-Mann war, ihre Wirkung nicht verfehlt. Er wird, wie er mir sagte, sich die Sache gründlich durch den Kopf gehen lassen und von der beabsichtigten Eheschließung zunächst absehen. Für den Fall, dass Schlieker später einmal doch sich entschließen sollte, Fräulein Buch zu heiraten, darf ich ergebenst darauf hinweisen, dass ein Vorgehen entsprechend dem hier bekannten Runderlass vom 1. Oktober 1936 – R 313 g – im vorliegenden Fall nicht opportun sein würde, da mit Sicherheit angenommen werden muss, dass die Eheschließung nicht gestattet werden würde wegen des rein mulattischen Aussehens von Fräulein Buch. Im Übrigen kann weder ich noch der hiesige Vertrauensmann der Partei, Herr Johannes Petersen, angesichts der rassischen Verhältnisse von Fräulein Buch die Genehmigung der Eheschließung befürworten. Eine Versagung der Eheschließung würde andererseits in Port-au-Prince sofort bekannt werden und sich ungünstig auf die deutsch-haitianischen Beziehungen auswirken, was aus politischen Gründen unbedingt vermieden werden muss. Es darf nicht außer Acht gelassen werden, dass Haiti ein Negerstaat ist, und dass die Haitianer – auch die Mulatten – in Bezug auf die Rassenfrage äußerst empfindlich sind.

Bezüglich der Eheschließung des Rechtsanwalts Buch, der Syndikus bei der Broderus (sic) Röchling A.-G. in Wetzlar ist, darf ich ergebenst bemerken, dass er die Ehe mit Fräulein Ruth Simon (Arierin) im

November 1933 in Darmstadt lange vor Inkrafttreten des Blutschutzgesetzes geschlossen hat, und dass dem Herrn Buch, der rund 75 Jahre alt und altersschwach ist, ein Irrtum unterlief. Gez. *Haefgen*

Gesehen, Havanna den 13. September 1937
– unleserlich

Wie haben die direkt Betroffenen, wie hat meine in Haiti lebende Familie auf die Einmischung des NS-Staats in ihr Privatleben reagiert?

Pharmacie W. Buch
Port-au-Prince, 16. Oktober 1937

An Lilia Katsch
Landshuter Str. 31
Berlin W 30

Ma chère tante,

ich schreibe Dir diese Zeilen um Dir zu mitzuteilen, dass Wilhelm demnächst nach Haiti kommt. Er hat sein Abitur gemacht und ich weiß nicht, ob er nach Deutschland zurückkehren will. Papa braucht ihn sehr nötig in der Apotheke. Wilhelm wird Deutschland schon bald verlassen, vielleicht ist er schon unterwegs, und er könnte die noch fehlenden Sachen für Jeanne mitbringen. Schreib ihm, um die Gelegenheit nicht zu versäumen, ganz schnell.

Hier laufen die Geschäfte sehr schlecht, immer schlechter jeden Tag. Was machen Bubi und Linde? Wir haben einen netten Brief von Gerta bekommen, sie scheint ganz glücklich zu sein. Ich hoffe, bald einen Brief von Dir in Händen zu halten. Mes amitiés à toute la famille, affectueusement – *Lucienne*

P. S. Wilhelms Adresse ist Wittmannstr. 31, Darmstadt.

Meine Großmutter Luce hat handschriftlich hinzugesetzt: Was macht Bubi nach seiner Militärdienstzeit? Seit Jahren sage ich Dir, dass die Kinder einen Beruf erlernen müssen, um uns später behilflich zu sein. Uns geht es im Augenblick sehr, sehr schlecht. Die Geschäfte laufen nicht gut, nur meinem Bein geht es etwas besser. *Luce*

So endet der fragmentarisch überlieferte Briefwechsel, der mehr Fragen aufwirft, als er beantwortet, allen voran die Frage, ob Schlieker unter dem Druck der NS-Behörden einknickte und sein Hochzeitsversprechen widerrief, oder ob Jeanne von sich aus die Verlobung aufgekündigt hat, wie neunzehn Jahre später der *Spiegel* behaupten wird. Im Krieg avancierte Schlieker zum leitenden Mitarbeiter Albert Speers bei der Umstrukturierung der Rüstungsindustrie, die bis zuletzt auf Hochtouren lief, und nach dem Krieg machte er eine spektakuläre Karriere vom Schrotthändler zum Multimillionär, bevor er pleiteging. 1956, auf dem Höhepunkt des Wirtschafts-

wunders, widmete das Hamburger Nachrichten-
magazin ihm eine Titelgeschichte, aus der außer
Häme auch Bewunderung spricht.

»Dass Willy Schlieker die paradiesische Insel schon
nach zweieinhalb Jahren wieder verließ, war die
Folge einer Romanze mit der Tochter des deutschen
Apothekers von Haiti, einem schönen, getönten
Mischling. Schlieker verlobte sich mit ihr. Nachdem
er die Verlobungskarten verschickt hatte, schaltete
sich das Auswärtige Amt ein. Man machte ihn auf
die Rassengesetze von Nürnberg aufmerksam, nach
denen Ehen mit sogenannten blutfremden Personen
untersagt waren. Bräutigam Schlieker stellte einen
Ausnahmeantrag und bereitete die Hochzeit vor.
Seine Mühe war vergebens: Die Apothekerstochter
mit dem haitischen Bluteinschlag ließ ihn beleidigt
wissen, sie habe ihr Herz einem französischen Marquis geschenkt, der sich – anders als Schlieker – an
keine nationalsozialistische Rassengesetzgebung zu
halten brauchte.«

Das klingt ehrenwert, aber hinter der halbherzigen
Distanzierung vom NS-Regime ist der Rassismus
weißer Herrenmenschen spürbar, und ganz neben-
bei wird Schlieker im *Spiegel* vom ehemaligen SS-
Mann zum harmlosen »Schreiber« herabgestuft.
»Bald nach seiner Lehrzeit im Jahre 1935 war er
mit dreißig Musterkisten für eine Hamburger West-
Indien-Firma nach Haiti gereist. Dort verkaufte er
von der Stecknadel über Zement bis zu Nachttöpfen

sämtliche Güter der europäischen Zivilisation. Er erinnert sich heute, dass er zwei Sorten Nachttöpfe führte, mit 22 und 28 Zentimetern Durchmesser, in welch letzteren seine Kundschaft mit Vorliebe das Mittagessen kochte. In Haiti übernahm er die Vertretung einer englischen Handelsgesellschaft.«

Der als Kochtopf verwendete Nachttopf ist die Kehrseite des Klischees von den paradiesischen Inseln, zu dem auch das in Schlagern der fünfziger Jahre besungene Mischlingsmädchen gehört:

Ei ei ei Maria, Maria von Bahia,
jeder, der dich tanzen sieht, träumt nur noch von Maria.
Keine versteht es so wie du,
und es fliegen dir im Nu
alle Männerherzen zu.

Ei ei ei Maria, Maria von Bahia,
alles, was mein Herz begehrt, das gabst du mir, Maria.
Und wenn der Wind von Westen weht,
frag ich, wo ein Dampfer steht,
der auf Kurs Bahia geht.

Ob Jeanne die *Spiegel*-Story gelesen hat, weiß ich nicht – angeblich hielt ihre Schwester Lucienne die Zeitschrift unter Verschluss, weil die Lektüre alte Wunden aufgerissen hätte. Aber auch das ist wenig glaubhaft, weil Willy Schlieker zusammen mit seiner Frau Marga im November 1955 Haiti besuchte und dort mit einem Empfang der deutschen Botschaft geehrt wurde – auf einem Polaroid-Foto posiert er Arm in Arm mit seiner früheren Verlobten am Swimmingpool der Residenz.

Ich verzichte darauf, den Stammbaum der Familie Buch oder ein *Who Is Who* in Haiti ansässiger Deutscher in den Text einzuflechten. Stattdessen zitiere ich eine Passage aus meinem 1984 publizierten Roman *Die Hochzeit von Port-au-Prince*, Jeannes Verlobung betreffend, deren Umstände ich damals nur vom Hörensagen kannte. Der Einfachheit halber hatte ich die Szene auf den zum Schulschiff umgerüsteten Zerstörer *Schleswig-Holstein* verlegt, der Haiti einen Freundschaftsbesuch abstattete, und Schlieker zum Offiziersanwärter befördert:

»Schon mal was von den Nürnberger Gesetzen gehört? Und worum geht es dabei, wenn ich fragen darf?« Dr. Lüning war näher getreten und fixierte den Fähnrich über den braunen Lederknauf seiner Reitgerte hinweg. »Schutz des deutschen Blutes und der deutschen Ehre, Herr Hauptmann. Verbot gemischtrassiger Ehen und des außerehelichen Verkehrs zwischen Juden und Angehörigen deutschen oder artverwandten Blutes.« – »Soso. Das wissen Sie also. Und entblöden sich nicht, beim ersten Landgang in diesem Kaffernkral mit einer Negerhure anzubändeln!« Der Fähnrich war blass geworden; er sah sich hilfesuchend nach dem Kapitän um, der mit vor der Brust verschränkten Armen am Bullauge stand und auf das Hafenwasser hinausblickte, wo in diesem Augenblick ein von halbnackten Negern gerudertes Boot vorbeiglitt, dessen Insassen frisch gefangene Fische hochhielten; von dieser Seite war keine Hilfe zu erwarten. »Verzeihung, Herr Hauptmann«, sagte der Fähnrich mit belegter Stimme, »hier muss ein Missverständnis vorliegen; meine Braut stammt aus einer deutschen Familie.« – »Eine schöne Familie ist mir das!«, donnerte Dr. Lüning: »Die Mutter Ihrer Zukünftigen ist ein Negerweib, Kreolin der dritten oder vierten Generation, rassisch minderwertig, total vernegert und verjudet! Es dauert Jahrhunderte, bis das sich wieder ein- oder ausgemendelt hat!«

Die Hochzeit von Port-au-Prince ist kein realistischer Roman. Doch es fällt auf, wie nah die satirische Überspitzung der Wirklichkeit kommt, von der ich zum Zeitpunkt der Niederschrift keine Kenntnis hatte. Genau genommen ist es nicht die Kunst, die eine wie auch immer geartete Realität nachahmt im Sinne aristotelischer Mimesis, sondern umgekehrt: Die Wirklichkeit ist ein müder Abklatsch der Literatur, eine Kopie aus zweiter und dritter Hand. Ein Seitenblick auf Heinrich von Kleists Novelle *Die Verlobung in St. Domingo* kann das verdeutlichen, der einzige Text von welthistorischem Rang (neben Alejo Carpentier und Graham Greene), der von Haiti erzählt. Verlobung, Hochzeit, Scheidung – schon im Titel klingt das Thema an, das mich seit Jahrzehnten beschäftigt, untrennbar verknüpft mit Haitis

Kampf um Freiheit und Selbstbestimmung, und ich hätte mir nicht träumen lassen, Jahre später noch einmal darauf zurückzukommen. Statt einer Interpretation ein Textauszug:

»Warum lehntest du denn seinen Antrag ab«, fragte der Fremde. Er streichelte ihr freundlich das Haar von der Stirn und sprach: »Gefiel er dir etwa nicht?« Das Mädchen, indem sie kurz mit dem Kopf schüttelte, lachte; und auf die Frage des Fremden, ihr scherzend ins Ohr geflüstert, ob es vielleicht ein Weißer sein müsse, der ihre Gunst davontragen solle, legte sie sich plötzlich, nach einem flüchtigen, träumerischen Bedenken, unter einem überaus reizenden Erröten, das über ihr verbranntes Gesicht aufloderte, an seine Brust. Der Fremde, von ihrer Anmut und Lieblichkeit gerührt, nannte sie sein liebes Mädchen und schloss sie, wie durch göttliche Hand erlöst, in seine Arme, und während er sie auf seinen Knien schaukelte und den süßen Atem einsog, den sie ihm heraufsandte, drückte er, gleichsam zum Zeichen der Aussöhnung und Vergebung, einen Kuss auf ihre Stirn. Was weiter folgte, brauchen wir nicht zu melden, weil es jeder, der an diese Stelle kommt, von selbst liest.

Liebe ist farbenblind. Doch dass der Text nicht auf ein Happy End zusteuert, wird selbst begriffsstutzigen Lesern klar, und der Doppelmord am Schluss nimmt bis ins Detail Kleists Freitod am Wannsee und die Tötung seiner Geliebten am 21. November 1811, im Erscheinungsjahr der Novelle, vorweg.

War Heinrich von Kleist ein Rassist? Die Antwort ist ja, denn er teilte die Vorurteile seiner Zeit – nicht zu verwechseln mit dem aggressiven Rassismus der Nazis, aber trotzdem nicht unschuldig, wie sein *Über den Zustand der Schwarzen in Amerika* betitelter Artikel in den *Berliner Abendblättern* zeigt:

»Niemals sieht man unter diesen Negern Bettler oder Gestalten so elender und jämmerlicher Art, wie sie einem in Großbritannien und Irland begegnen. Alle Schwarzen werden in Krankheiten gepflegt, besonders aber die Weiber derselben während ihrer Niederkunft: ein Aufseher, der zu strenge gegen sie wäre, würde weggejagt und nirgends wieder angestellt werden. So erträglich ist der Zustand der Neger in Amerika im Vergleich mit dem Elend, dem sie unter der grimmigen Herrschaft ihrer einheimischen Despoten ausgesetzt sind.«

Das ist mehr als nur naiv: Es sind Standardargumente aus dem Repertoire der Schönredner der Sklaverei, die schon vor deren Abschaffung durch den französischen Nationalkonvent im Februar 1794 theoretisch und praktisch widerlegt waren. Es genügt, an dieser Stelle Alexander von Humboldt zu zitieren, dessen Sicht des Kolonialismus, anders als die Kleists, durch Augenschein vor Ort beglaubigt war: »Woher dieser Mangel an Moralität, woher die Leiden, das Unbehagen, dem jeder empfindsame Mensch sich in den Kolonien ausgesetzt findet? Die Ursache liegt darin, dass die Idee der Kolonie selbst eine unmoralische Idee ist. Sich darüber streiten, welche Nation die Neger humaner behandelt, heißt, sich über das Wort Humanität lustig machen und fragen, was angenehmer ist, sich den Bauch aufschlitzen oder die Haut abziehen zu lassen.«

Humboldts entschiedenes Urteil war und ist durch Welten getrennt von Kleists Verharmlosung der Sklaverei. Doch große Literatur unterläuft oder transzendiert die politischen Absichten ihrer Autoren, und *Die Verlobung in St. Domingo* liefert den Beweis dafür, weil die Vielschichtigkeit des Textes die Rassenvorurteile seines Verfassers widerlegt:

»Das Mädchen stellte sich vor die Mutter und erzählte ihr: wie sie die Laterne so gehalten, dass ihr der volle Strahl davon ins Gesicht gefallen wäre. Aber seine Einbildung, sprach sie, war ganz von Mohren und Negern erfüllt; und wenn ihm eine Dame aus Paris oder Marseille die Türe geöffnet hätte, er würde sie für eine Negerin gehalten haben. Toni fragte: wodurch sich denn die Weißen daselbst so verhasst gemacht hätten? Der Fremde erwiderte betroffen: Durch das allgemeine Verhältnis, das sie, als Herren der Insel, zu den Schwarzen hatten, und das ich, die Wahrheit zu gestehen, mich nicht unterfangen will, in Schutz zu nehmen; das aber schon seit vielen Jahrhunderten auf diese Weise bestand!«

Die Dichotomie von Schwarz und Weiß entspricht keiner naturgegebenen Hierarchie, die nicht hinterfragbar wäre: Die Hautfarbe eines Menschen ist je nachdem hell oder dunkel – im Schein der Stalllaterne ebenso wie im Licht des Bühnenscheinwerfers, den Kleist auf die Ereignisse richtet, wobei er Recht zu Unrecht und Rache rechtens werden lässt: Ein ferner Widerschein von Platons Höhlengleichnis wie auch eine Infragestellung Europas im Namen der Dritten Welt – bekanntlich heißt Aufklärung auf Französisch *Les lumières*.

Und Matante Jeanne? War sie ein Opfer höherer Gewalt, oder hat sie sich gegen das drohende Verhängnis zur Wehr gesetzt? Es gibt zwei Versionen der Ereignisse, eine heroische und eine unheroische. Die erste Version besagt, sie hätte, empört über die rassistischen Demarchen der Botschaft, ihrem Verlobten den Laufpass gegeben und sei mit einem Marquis durchgebrannt, der keinen Ariernachweis von ihr verlangt und noch dazu den *Forces françaises libres* angehört habe. Das ist schon rein chronologisch unmöglich, weil die deutsche Besetzung Frankreichs noch in weiter Ferne lag und die FFL erst 1940 von De Gaulle gegründet wurden. Ich weiß nicht, ob Jeanne den Marquis de Veyrac geehelicht hat, der der Familienlegende zufolge ein Hochstapler oder Heiratsschwindler gewesen sein soll – die Erbin des Apothekers Buch war eine gute Partie. In der Nähe von Bordeaux gibt es ein Weingut namens Veyrac, und ein Monsieur de Veyrac war zeitgleich mit Willy Schlieker als Handelsvertreter in Haiti tätig und soll später Mitglied der *Forces françaises libres* geworden sein, wie Jean Fouchard bezeugt, Ex-Honorakonsul von Haiti in Hamburg.

In meinem Roman *Die Hochzeit von Port-au-Prince* zerschlägt Jeanne den gordischen Knoten mit Hilfe ihres Jugendfreundes Pierre Roumel, alias Jacques Roumain, der als Gründer der Kommunistischen Partei, Schriftsteller und Ethnologe in die Geschichte einging, damals aber als Aufrührer im Gefängnis saß. Der neue Präsident Lescot schickte ihn als Botschafter nach Mexiko, wo er Anna Seghers begegnet ist. Dort soll Jacques Roumain die elegantesten Partys gegeben haben, umgeben von ausgesucht schönen jungen Männern – Anna Seghers zufolge war er schwul. 1945 publizierte Jacques Roumain den Roman *Les gouverneurs de la rosée* (deutsch: *Herren über den Tau*), dessen Welterfolg er nicht mehr erlebte, und starb, nach Haiti zurückgekehrt, an den Spätfolgen seiner Haft – einer anderen Version zufolge soll er vergiftet worden sein.

»Du irrst dich«, pflegte Tante Jeanne zu sagen, als ich in den achtziger Jahren in ihrem Haus logierte und, mit Blick auf die Bucht von Port-au-Prince, auf der Terrasse sitzend Rumcocktails trank: »Du irrst dich. Jacques Roumain war kein Kommunist. Er trug Seidenhemden, die er täglich wechselte, und kam aus einer guten Familie. Als Kind habe ich mit ihm im Sandkasten gespielt!«

So viel zur politisch korrekten Version der Ereignisse, die ich in meinem Roman verbreitet habe. Die Wirklichkeit war unheroischer und tragischer zugleich – nur scheinbar ein Widerspruch. Mitte der fünfziger Jahre – inzwischen waren die während des Krieges internierten Deutschen aus Gefangenenlagern in den USA nach Haiti zurückgekehrt – heiratete Jeanne, des Alleinseins müde, Francis Étienne, einen hohen Offizier und Chef der Palastwache. Haitis damaliger Präsident, Paul Magloire, feierte rauschende Feste im Nationalpalast, für die er sich Jeannes Koch auslieh, und lud sie ein, ihn auf einem Staatsbesuch nach Washington zu begleiten – dass ein schwarzer Präsident im Weißen Haus empfangen wurde, war damals noch eine Ausnahme. Jeanne war über vierzig, die Ehe kinderlos. Auf einem Schnappschuss ist sie im Wochenendhaus meines Großvaters in den Bergen von Furcy zu sehen; ihr Mann Francis Étienne trägt die Khakiuniform der haitianischen Armee und sitzt am Steuer eines Jeeps, aus dessen Fenster Jeannes Schwester Lucienne schaut. Das idyllische Bild täuscht: Am 26. April 1963 wurde Francis Étienne zusammen mit anderen hohen Offizieren verhaftet und im Folterzentrum Fort Dimanche von einem Exekutionskommando erschossen. Die Zugehörigkeit zur Mulatten-Bourgeoisie wurde ihm zum Verhängnis: Der schwarze Diktator François Duvalier, genannt Papa Doc, misstraute den hellhäutigen Offizieren und ließ sie in einer Bartholomäus-Nacht hinrichten, um die Armee zu entmachten und durch seine der SA nachempfundene Miliz, die *Tontons Macoutes*, zu ersetzen. Das Schicksal der Verschwundenen wurde nie aufgeklärt, die Witwen bekamen keine Totenscheine und wurden so um die ihnen zustehenden Renten geprellt. Statt dessen ließ Papa Doc Gerüchte verbreiten, die Verhafteten seien noch am Leben und würden demnächst gegen Zahlung von Lösegeld freigelassen – Lüge und Verleumdung über den Tod hinaus.

Vielleicht war das der Grund, warum Matante Jeanne mich bei meinen sporadischen Besuchen stets mit den Worten empfing: »Bist du jetzt hier – wann fährst du wieder weg? Bleib nicht zu lange in Haiti, sonst bringt man dich um: *La politique c'est la mort!*«

ZWEI NACHTRÄGE

1

Carl Schmitt: Die nationalsozialistische Gesetzgebung und der Vorbehalt des *ordre public* im Internationalen Privatrecht – Vortrag bei der Sitzung der *International Law Association* am 28. November 1935 in Berlin

»Ich spreche hier als Jurist zu Juristen, in voller wissenschaftlicher Freiheit und nicht in amtlichem Auftrag. Das nationalsozialistische Recht ist ein völkisches Recht, es maßt sich nicht an, zu bestimmen, wer Engländer, Franzose oder Japaner ist; wohl aber besteht es darauf, dass die Bestimmung dessen, was deutsch ist, was deutsche Substanz ist, und was zum Schutze des deutschen Blutes notwendig ist, Sache des deutsches Volkes selber ist und bleibt. Lebensordnungen, die allen europäischen Völkern gemeinsam sind, Institutionen wie Ehe und Familie sollen wieder rein, gesund und echt werden. Der ausländische Jude als solcher interessiert uns nicht, aber deutschen Staatsangehörigen ist die Eheschließung mit einem Juden verboten, gleichgültig, welche Staatsangehörigkeit der Jude hat. Das ist, internationalrechtlich betrachtet, eine überaus klare und folgerichtige Abgrenzung; sie beruht auf dem wesentlich defensiven Charakter unserer Rassegesetzgebung.

Wenn eine englische Behörde eine Trauung vornimmt, um einem deutschen Juden eine nach deutschem Recht verbotene Eheschließung zu ermöglichen, so ist das ein völkerrechtswidriges Verhalten gegenüber dem Deutschen Reich. Würde also ein Jude belgischer Staatsangehörigkeit vor dem belgischen Standesamt mit einer Staatsangehörigen deutscher Rasse erscheinen, um mit ihr eine Ehe zu schließen, so könnte der *ordre public* zum Zuge kommen. Diese Fälle betreffen eine Rassenmischehe zwischen einem Franzosen und einer Negerin aus Louisiana, einem Staat, der schon lange das Verbot der Rassenmischehe zwischen Negern und Weißen kannte. Für die Frau, die Negerin, lag hier ein klarer Fall rassischen Eheverbots vor. Die französischen Gerichte und Behörden haben sich unter Berufung auf den *ordre public* und die Ideen von 1789 über dieses rassische Eheverbot hinweggesetzt. Hier würde von deutscher Seite keineswegs die Ehe anerkannt, auch macht sich der deutsche Teil auf jeden Fall nach deutschem Recht strafbar. Die Ehe wäre also nach deutschem Recht nichtig, nach belgischem Recht gültig. Es läge der typische Fall einer hinkenden Ehe, eines *matrimonium claudicans* vor.«

Edith Gräfin Salburg: Sohn zweier Rassen. Schlieffen Verlag, Berlin SW 1932,
Geleitwort von Constantin Freiherr von Moltke:

»Nachfolgende Erzählung, deren Inhalt von Gräfin Salburg ausgeführt und gestaltet wurde, ist mein Dank an die Vorsehung dafür, dass in einer Tropennacht voll seelischer und anderer Gefahren mein Rassegefühl Sieger geblieben ist über eine heiße sinnliche Begierde, der ich Macht einräumen wollte über mein kommendes Leben. Ich stand im Bann eines schönen, braunen Weibes, das ich für immer zu besitzen mich sehnte, und kämpfte schwer gegen die lodernde Versuchung in meinem Blut. Bedeutet auch der einzelne mit seinem Schicksal wenig in einem großen Volke, so wird seine Schuld nicht geringer, wenn er an seinen Nachkommen sündigt und an alten unerschütterlichen Naturgesetzen, die da gebieten: *Art zu Art!*

Die Nordamerikaner haben sich immer gegen eine Vermischung mit blutfremden Rassen aufgelehnt. Wer die Tragik des Schicksals in Südamerika, in Westindien erlebt hat, begreift das. Auch für uns Germanen ist nach dem Krieg die Stunde gekommen, da die Gefahr in das eigene Land eingedrungen ist. Es ist nicht so, dass diese anderen Rassen minderwertig sein müssen. Sie sind zu achten in ihren Eigenarten, in ihrer Kultur zu würdigen.

Aber sie sind nicht unsere Art. Wir können sie nicht verstehen. Sie werden uns schon in ihrer Rätselhaftigkeit gefährlich. Es mehren sich Fälle, wo sich Weiße – Deutsche – verseuchen lassen, wie es längst die Spanier, Portugiesen getan in Südamerika durch Neger- und Indianerblut. Der Deutsche schließt sich nicht bloß an, nein – er verfällt. Schon jetzt haben wir im eigenen Vaterland unsere Kunst, Musik, Dichtung, unsere Erotik durchsetzt mit fremden Einflüssen. Dagegen muss schärfste Stellung genommen werden.

Die Autorin des Buches hat die Sache erfasst. Sie lässt vor meinen geistigen Augen vorüberziehen, was ich auf Haiti gesehen und erlebt. Das Buch ist für mich kein Roman, es bedeutet Wiedererleben. Was die Rassenfrage ist, weiß der einfachste Mensch, der sich mit Tieren beschäftigt. Er beobachtet es und kann davon erzählen. Wir legen dieses erlebte Werk in die Hände des jungen nationalen Deutschland, das sich zusammenschließt zur eisernen Verteidigung von Art und Rasse. Völkische Aufgaben können nur durchgeführt werden, wo ein Volkstum vor sich selber Wache steht.«

München-Gräfelfing, C. Freiherr von Moltke

Zweites Buch: WOHER KOMME ICH?

SÄTZE ÜBER MEINEN VATER

1

Anfang November, als die Tage kürzer wurden, zog ich mich zurück in ein Bauernhaus auf dem Land, um meiner verstorbenen Eltern zu gedenken. Unter rußgeschwärzten Balken sitzend, schaute ich, aufblickend vom Bildschirm meines Computers, in den abwechselnd von Wolken verdunkelten und von Sonnenlicht durchfluteten Himmel, durch den goldgelbe Blätter trudelten und Schwärme von Zugvögeln in keilförmigen Formationen gen Süden flogen. Die heiseren Schreie der Wildgänse gellten mir in den Ohren, während ich daran dachte, dass in diesen Novembertagen, an denen sich der Fall der Berliner Mauer jährte, erst mein Vater und dann meine Mutter verstorben waren. Zwanzig Jahre war das jetzt her, aber ich spürte nicht mehr die unbändige Trauer, die mich befallen hatte beim Gedanken an all das, was zwischen meinen Eltern und mir ungesagt geblieben war. Ja, ich empfand es sogar als tröstlich, dass die Portalfiguren meines Lebens, die ich besser zu kennen geglaubt hatte als jeden anderen Menschen, mir so fremd geworden waren, wie ich ihnen fremd geblieben bin.

Gleichzeitig stellte ich fest, dass ich mich in meinen Vater verwandelte und dass mir seine Kleider und Schuhe, die ich Oxfam hatte spenden wollen, weil mir die Hüte und Mäntel zu weit und seine Krawatten zu großkariert waren, plötzlich passten. In den Jahren, die seit seinem Tod vergangen waren, hatte ich die durch sein künstliches Hüftgelenk versteiften, eckigen Bewegungen des Vaters angenommen, der beim Gehen seine überlangen Arme schlenkerte wie der Komiker Jacques Tati, dazu das ruckartige Vorschnellen des Kopfs, wenn ich, was in letzter Zeit häufiger vorkam, eine mir gestellte Frage nicht verstand – auch die Schwerhörigkeit war von meinem Vater auf mich übergesprungen.

Unverhofft aber überkam mich der aus dem wachen Bewusstsein verdrängte Schmerz, als ich am Totensonntag einen Flohmarkt besuchte auf dem von Eichen gesäumten Festplatz der früheren Garnisonsstadt, deren Ziegeldächer meine Eltern nur von ferne erblickt hatten, weil sie hinter der mit Wachttürmen und Metallgitterzäunen gesicherten DDR-Grenze lag. An einem Stand mit Sammeltassen, Hausrat und Trödel kaufte ich eine gehäkelte Tischdecke mit einem Sinnspruch, dessen Lektüre mir Tränen in die Augen trieb, obwohl oder weil es sich um sentimentalen Kitsch handelte: *Wenn sich der Eltern Augen schließen / Ihr milder Blick im Tod zerbricht / Dann ist das schönste Band zerrissen / denn Elternlieb vergisst man nicht.* Aber hatten meine Eltern mich wirklich geliebt? Und maskierte die Trauer um ihren Tod nicht die Angst, erwachsen zu werden und niemandes Sohn mehr zu sein? Während ich diese Sätze in den Computer tippe, flackert die Schreibtischlampe auf, die Glühbirne brennt durch und erlischt. Und ich sitze allein im dunklen Zimmer und denke daran, dass jedes Leben ein Indiz ist für irgendeinen Tod.

2

Dein Vater war etwas das es heute nicht mehr gibt
dein Vater war ein Gentleman die Schuhe stets blank
geputzt der Scheitel akkurat gezogen dein Vater sprach
Englisch Französisch Dänisch er roch nach Kölnisch
Wasser schmierte sich Brillantine ins Haar nach der
Kopfwäsche zog er sich ein Haarnetz über den Kopf
um die Frisur in Form zu halten dein Vater hatte
einen Chauffeur der mit Nachnamen Herr hieß Guten
Morgen Herr Herr fahren Sie rechts ran Moment bitte
         ʾutschstudent aus Louisiana der nachts in Wien
         ɩm die Stimme der Telefonistin zu hören die mit
         Akzent Moment bitte *sagte* einen Moment bitte
         ɩas erotisch) du hast deinen Vater nie nackt
         ʾur einmal in Kopenhagen in der Sauna
         ʾeinen Vater nie betrunken gesehen außer
nach eurem Besuch in La Ciotat wo er mit Monsieur
Ricard Inhaber der Firma Ricard Anisschnäpse trank
und in La Boule oberhalb von Pétionville im Haus von
Jeanne Barbancourt gegenüber vom Steinbruch wo Laster

Kalksand aufladen der Port-au-Prince mit Staub überzieht
(es ist verboten aber sie tun es trotzdem) wo er Barbancourt
Rum probierte dazu Kokoslikör Kakaolikör Kaffeelikör
im Beisein von Monsieur Théophilé einem Deutsch-Haitianer
der die Drinks von einer elektrischen Eisenbahn servieren ließ
dein Vater trank keine Cocktails lieber Weißweinschorle oder
Mineralwasser Heppinger Fachinger und Tannenzäpfle-Bier
Herr Herr trug eine Livree dazu glänzend gewichste Schuhe
und eine dieser Dienstmützen wie sie nach dem Krieg
er öffnet den Wagenschlag zieht die Mütze verbeugt sich
akkurat – otschen akkuratno *wie der Russe sagt nicht* die
Russen der Russe *– Herr Herr war kein Sesselfurzer*
wie Freimark der mithalf das Araberviertel am Vieux Port
zu sprengen angeblich ist Marseille ihm dankbar dafür
weil Partisanen sich dort versteckt hielten Juden Araber
vaterlandsloses Gesindel mit dem Freimark per du war
Schütze Arsch ein Wehrmachtssoldat der zur Résistance
überlief Freimark furzte ungeniert auf der kurvenreichen
Straße von Marseille nach Cassis Stadt am Meer nach der
ein Johannisbeerlikör benannt ist unverzichtbar für Kir
rechts unten die Calanques links oben Aubagne wo die
Fremdenlegion auf dem Rücksitz des Mercedes wurde dir
schlecht nicht die Fürze die Kurven der Dieselgestank
Mercedes 170 Baujahr 1955 kotzübel beim Blick in einen
Abgrund mit Autowracks Macchia-Gestrüpp Meereshöhlen
prähistorische Malereien Seeigel und die Erkennungsmarke
von Saint-Exupéry Monsieur Dumas Mitarbeiter des Tauchers
Cousteau der dich in seine Villa einlud schwul oder pädophil
wie Kapitän Racke Motoryacht Ute in Sanary-sur-Mer:
»Achtung ich pisse das Wasser wird warm« –

3

Mai 1992. Auf der Rückfahrt von Südfrankreich Besuch bei den Eltern in Staufen. Nach neunstündiger Autofahrt läute ich um zehn Uhr abends erschöpft an der Tür. Meine Mutter steht rauchend in der Küche, auf die Theke gestützt wie an eine Bar, und löffelt kalten Spinat von einer Untertasse. Der Vater sitzt schlafend im blauen Ohrensessel, den ich ihm vor Jahren geschenkt habe, und schreckt hoch, als ich ihn begrüße. Ich stelle mein Gepäck ins Kinderzimmer, das jetzt als Schlafkammer für Gäste dient; als ich ins Wohnzimmer trete, ist mein Vater vor dem laufenden Fernseher eingenickt. Meine Mutter serviert eins ihrer seltsamen Essen: Tiefgekühlte Shrimps, innen gefroren, außen schwarz verbrannt, dazu aufgewärmten Spinat. Mein Vater spült Geschirr in der Küche; erst nach dem Essen setzt er sich, um Gesellschaft zu leisten, zu mir. Wir trinken Blanquette de Limoux aus Alet-les-Bains, und ich habe das Gefühl, meinen Vater zum letzten Mal zu sehen, mich für immer von ihm zu verabschieden. Seine Stimme klingt kraftlos und müde, wie von jenseits des Grabes – so tonlos hat er in früheren Jahren nicht gesprochen. Erst als unser Gespräch auf alte Zeiten übergeht, wird er lebhafter, eine spürbare Veränderung geht mit ihm vor.

Mein Vater erzählt mit warmer, begeisterter Stimme von seinem Antrittsbesuch beim König von Dänemark im Dezember 1963 – kurz zuvor hatte ihn das

Auswärtige Amt von Bonn nach Kopenhagen versetzt. Er trug die bei Audienzen vorgeschriebene Kleidung, Frack mit Zylinder und schwarzer – nicht, wie sonst bei Empfängen üblich – weißer Weste, dazu Handschuhe. Es war bitterkalt, unter null Grad, und mein Vater war unschlüssig, was für einen Mantel er anziehen sollte. Vielleicht eine Pelerine mit Seidenschal? Stattdessen zog er einen Wintermantel an, aus dem er auf Anraten meiner Mutter das Etikett heraustrennte, weil er sich nicht traute, in einem Mantel von Brenninkmeyer im Palast vorzusprechen. Die von Schimmeln gezogene Kutsche mit dem königlichen Wappen holte ihn in der deutschen Botschaft ab. Die Kutschfahrt durch die Innenstadt wurde von der Polizei so geregelt, dass sich kein Halt und keine Verzögerung ergaben. Passanten zogen die Hüte, Frauen und Mädchen knicksten am Straßenrand, weil sie Mitglieder der Königsfamilie in der Kutsche vermuteten. Mein Vater erwiderte die Komplimente und lüftete den Zylinder wie ein Staatsoberhaupt. Im Inneren der Kutsche roch es nach Kampfer – auch das Plaid, das er sich über die Beine schlug, strömte diesen Geruch aus. Mein Vater schritt an einer Phalanx von Offizieren aller Waffengattungen vorbei, denen er mannhaft ins Auge blickte, die marmorne Freitreppe hoch, an deren Ende der Monarch ihn erwartete, und reichte ihm, wie vom Protokoll vorgeschrieben, die weiß behandschuhte Hand. Frederik IX., erzählt mein Vater, sei ursprünglich nicht zum Thronfolger ausersehen gewesen; er war als Matrose zur See gefahren und, Gerüchten zufolge, auf Brust und Oberarmen mit Ankertauen und Seejungfrauen tätowiert. Der König war linkisch und schüchtern und interessierte sich nicht für Politik. Statt mit einer nichtssagenden Floskel das Gespräch zu eröffnen (»Seit wann sind Sie in Kopenhagen und wie gefällt es Ihnen hier?«), habe er so hartnäckig geschwiegen, dass mein Vater, nachdem er im Stillen bis fünfzig gezählt hatte, entgegen der diplomatischen Etikette das Wort ergriff. Er fragte den König, was er von Winifred Wagners *Tannhäuser*-Inszenierung halte, die kürzlich in der Kopenhagener Oper gezeigt worden war. Dort hatte er den Monarchen, die Partitur lesend, in der für ihn reservierten Loge sitzen sehen, wohl wissend, dass der König ein Wagner-Fan war und jedes Jahr zu den Festspielen nach Bayreuth reiste. Statt einer Antwort gab der Monarch die Frage an meinen Vater zurück und wollte wissen, wie ihm die Aufführung gefallen habe? Um das Schweigen nicht unnötig zu verlängern, erwiderte mein Vater nach kurzer Bedenkzeit, die Inszenierung habe ihn nicht befriedigt. Dieses Stichwort, sagt mein Vater, habe dem Monarchen die Zunge gelöst, und sie hätten ein angeregtes Gespräch begonnen, auf das der König später, beim Neujahrsempfang für die Mitglieder des diplomatischen Korps zurückgekommen sei mit den Worten: »Sie hatten recht, die Inszenierung war unbefriedigend!« Diesen Satz sagte der König auf Deutsch, obwohl er die Frage meines Vaters, ob er Deutsch spreche, beantwortet hatte mit den Worten: »Yes I do, but I prefer not to« –

Dein Vater war etwas das es heute nicht mehr gibt
dein Vater war ein Bürger ein Bildungsbürger
dein Vater war ein gebildeter Mensch
dein Vater las Shakespeare und die Bibel im Original
das Neue Testament auf Griechisch das Alte auf Lateinisch
übersetzt vom heiligen Hieronymus Martin Luther und Walter Jens
dein Vater las den Code civil und die Memoiren von Saint Simon
er erzählte wie Ludwig XIV. auf der Toilette sitzend Bittsteller
empfing dein Vater las Proust und Joyce im Original
Charles Dickens mit den Illustrationen von Boz dein Vater
hatte eine Taschenbuchreihe abonniert exempla classica
weiße Umschläge hellgrauer Rand zwei Bände pro Monat
Shakespeares Sonette Der arme Heinrich Ahnung und Gegenwart
Die Wahlverwandtschaften Der Prozess James Fenimore Cooper
Edgar Allan Poe Henry James Goethes Werke Hamburger
Ausgabe mehrfach gelesen von den Jugendschriften zu den
Tages- und Jahresheften Hanswursts Hochzeit Jahrmarktsfest
zu Plundersweilern Metamorphose der Pflanzen Das römische
Karneval Kritik der reinen Vernunft Welt als Wille und
Vorstellung sein Lieblingsphilosoph war Schopenhauer nicht
Nietzsche Kant ja Hegel nein Bloch ja Heidegger nein
ohne die Bibliothek deines Vaters wärst du nie Schriftsteller
geworden und hättest keine Bücher gelesen deren Bedeutung
sich dir erst Jahre später erschloss Fragmente der Vorsokratiker
Alles fließt Niemand badet zweimal im selben Fluss Calderón
Tasso Manzoni Gérard de Nerval Der Jüngling von Dostojewski
Erinnerungen des Kardinals Retz auf seine alten Tage lernte
dein Vater noch einmal Griechisch und Lateinisch er büffelte
Grammatiken las Wörterbücher von Alpha bis Omega schrieb

Beispielsätze in ein Heft alle Kreter lügen hic Rhodus hic salta
noli me tangere gnothi seauton zusammen mit neumodischen
Redensarten deren Sinn er nicht verstand nicht kleckern klotzen
das Ende der Fahnenstange in trockene Tücher Nullkommanix
vor seinem Tod las dein Vater noch einmal die Bibel er wollte
herausfinden was es mit dem Leben nach dem Tod auf sich
hat Manna in der Wüste ja Hochzeit von Kanaan ja Christi
Himmelfahrt nein Speisung der Hungernden ja Verwandlung
von Wasser in Wein vielleicht Auferstehung des Fleisches nein
im letzten Bild liegt dein Vater im Bett im gestreiften Pyjama
wie ein KZ-Häftling er wiegt nur noch fünfzig Kilo und blättert
in einer Partitur Beethovens Neunte Bachs Wohltemperiertes
Klavier Cosi fan tutte Zauberflöte Fliegender Holländer dein
Vater las Partituren als wären es Romane unhörbare Klänge
hallten wider in seinem Kopf als er sein eigenes Klavierspiel
schon nicht mehr hören konnte Schubert Sonaten Goldberg
Variationen schwerhörig und verbittert wegen der Plage
meines Gehörs ziehe ich mich von allem zurück sein Mund
zeigte nach unten der in sich gekehrte Blick gelber Pullover
grüne Parkbank blaue Bergkette zum letzten Mal hat er
Geburtstag gefeiert Champagner getrunken der ihn zum
letzten Mal aufmöbelte bevor er seinen Hausarzt bat
ihm beim Sterben behilflich zu sein seiner Frau und seinen
Kindern hat er nichts davon gesagt Bibliothek aufgeräumt
Briefe und Akten entsorgt Fotoalben und Dokumente in Kisten
verpackt die Dissertation über das kollektive Vertretungsrecht
der Gewerkschaft Doktorvater Sinzheimer Bruder des Frankfurter
Polizeipräsidenten der Jude war – den Danebrog-Orden schickte
dein Bruder nach dem Tod wie vorgesehen nach Dänemark zurück
Bundesverdienstkreuz an Zuckmayer von Freunden Zuck genannt
den du nicht mochtest weil er deiner Schwester den Hof machte

Bundesverdienstkreuz an Erich Kästner und Erich Maria Remarque
dessen von der Stange gekaufter Anzug keine Knopflöcher hatte er
hantiert mit der Nagelschere am Revers um den Orden zu befestigen
Händedruck mit Nikita Chruschtschow Freundschaft mit Calaforra
Castros Botschafter in Kopenhagen der später in Ungnade fiel
trotz Hallsteindoktrin genehmigte dein Vater dem kubanischen
Nationalballett die Einreise in die Bundesrepublik und spielte
vierhändig Klavier mit dem Klassenfeind studierte die Schriften
der Senckenbergischen Naturforschenden Gesellschaft fasziniert
von Schwarzweißfotos der Versteinerungen in der Grube Messel
Bilder des Lebens nach dem Tod das nie gekündigte Abonnement
die niedergeschlagenen Augen im abgelaufenen Pass – haben Sie
die Mundwinkel schon einmal für längere Zeit nach unten gezogen?

5

1936 reiste mein Vater nach Haiti und 1937 kehrte
er von dort nach Deutschland zurück, weil er sich
mit seinem alten Vater nicht verstand, der ihm seinen jüngsten Sohn vorzog, obwohl der ein Tunicht-
gut war. Bei der Ankunft mit seiner schwangeren
Frau erwartete ihn niemand am Hafen, und während seines Haiti-Aufenthalts versuchte er ohne Erfolg, in der Apotheke eine ordnungsgemäße Buch-
haltung einzuführen: Alle Familienmitglieder
bedienten sich nach Gutdünken aus der Kasse und
deckten so ihren Bargeldbedarf. Aus der Sicht eines
angehenden Anwalts, der Völkerrecht in Genf und
Volkswirtschaft in London studiert hatte, war das

Durcheinander ein Skandal, aber Monsieur Bouc, wie der alte Apotheker in Haiti genannt wurde, interessierte sich mehr für Botanik als für Pharmazie: Er hatte den Laden ein Leben lang mit Erfolg geführt und sah keinen Anlass, mit fünfundsiebzig sein Geschäftsgebaren zu ändern, weil der aus Europa zurückgekehrte Sohn ihm modische Neuerungen aufzuschwatzen versuchte; vielleicht hatte das Chaos Haitis, wo man den Lauf der Dinge sich selbst überlässt, auf den alten Herrn abgefärbt. Der Bruch war irreparabel, und mein Vater bewarb sich um die in der *Frankfurter Zeitung* ausgeschriebene Stelle eines Rechtsberaters der Stahlwerke Röchling, die zur Wiederanbahnung internationaler Geschäftsbeziehungen einen Juristen mit Sprachkenntnissen und Auslandserfahrung suchten. Kurz zuvor hatten die Siegermächte des Ersten Weltkriegs, um Hitler gnädig zu stimmen, das gegen Deutschland verhängte Handelsembargo aufgehoben. Nach Meinung meines Vaters waren die Briefmarken aus Haiti ausschlaggebend dafür, dass er die Stelle bekam – je kleiner das Land, desto größer und bunter die Briefmarken. Meine Mutter sah das anders. Ihrer Meinung nach hatte die Intervention *ihres* Vaters die Sache entschieden: Der pensionierte Eisengießer habe seine Vorstandskollegen beiseitegenommen und gebeten, seine auf eine Tropeninsel verbannte Tochter mit Mann und Kind heim ins Reich zu holen. Der Alte hielt die Eheschließung für eine Mésalliance, weil Negerblut in den Adern meines Vaters floss, wie Herr Simon zu sagen pflegte, der durch eine Annonce in der *Darmstädter Zeitung* bekannt geben ließ, dass seine Familie nicht jüdischer, sondern böhmischer Herkunft sei.

So fuhr mein Vater auf einem Passagierdampfer des Norddeutschen Lloyd den gleichen Weg, den er zuvor in umgekehrter Richtung gefahren war, weil er in Deutschland keine Berufsperspektive für sich sah. Als junger Anwalt in Frankfurt hatte er im Rahmen der kostenlosen Rechtsberatung die Witwe eines Arbeiters verteidigt, den ein SA-Mann in einem Apfelweinlokal in Sachsenhausen erstochen hatte, weil der ihn »fixiert« habe. Auf politischen Druck hin stellte die Staatsanwaltschaft das Verfahren ein. Daraufhin strengte mein Vater im Namen der Witwe eine Zivilklage an, der stattgegeben wurde. Als der SA-Mann sich weigerte, vor Gericht auszusagen, und stattdessen seinen Adjutanten schickte mit der Mitteilung, er sei dienstlich verhindert, ließ der zuständige Richter den Mann »zuführen« – eine mutige Entscheidung, wie mein Vater betont. Der SA-Mann wurde zur Zahlung einer Witwenrente verurteilt, die Rente aber nie ausbezahlt, das Urteil stillschweigend kassiert.

Solche Erfahrungen hatten den Entschluss meines Vaters, Deutschland zu verlassen, motiviert. Arbeit und Recht waren die Eckpfeiler, an denen er sein Denken und Handeln orientierte. Auf Anregung seines Doktorvaters Professor Sinzheimer hatte er bei dem Völkerrechtler Lewald studiert und Soziologie bei Moritz Oppenheimer, der dem Institut für Sozialforschung nahestand; auch Vorlesungen über Zoologie besuchte er, »weil der Dozent ein brillanter Redner war«. Ausschlaggebend für den Weggang aus Deutschland aber war die Tatsache, dass er sich als Kind eines Deutschen und einer Haitianerin persönlich bedroht fühlte durch die Rassengesetze der Nazis, für die er ein Mischling mit negroidem Einschlag war: Frau Best, die alte Jungfer, zu der sein Vater ihn als Kind in Pflege gab, hatte die Haut des Jungen mit Ata und Imi geschrubbt, um seinen Teint »aufzunorden«, wie es damals hieß.

6

Du hast Papa zu deinem Vater gesagt nicht Vati oder Papi
er wurde Fritz genannt aber sein Vorname war Friedrich Maria
denn er war in Haiti geboren und katholisch getauft bevor sein
Vater ihn nach Darmstadt schickte zu Frau Best einer entfernten
Verwandten die fanatische Protestantin und Antisemitin war
und den Papst für den Kopf einer jüdischen Verschwörung hielt
am 1. September 1939 hat dein Vater zu rauchen aufgehört
unter dem Eindruck von Hitlers Kriegserklärung an Polen
vorher hatte er zehn Jahre lang Kette geraucht Eckstein *und*
Overstolz *bis die Fingerkuppen gelb waren von Nikotin helle*
Halbmonde auf den Daumennägeln untrügliches Kennzeichen
negroider Abstammung weshalb seine Mitschüler ihn als Nigger
verspotteten dein Vater nahm Boxunterricht, um sich zu wehren
sein Leben lang trieb er Sport Reiten Fechten Motorradfahren

wanderte durchs Riesengebirge den Odenwald das Berner
Oberland fuhr mit seinem DKW-Motorrad von Frankfurt
nach Berlin mit seiner Braut im Beiwagen 1933 Heirat im
Standesamt auf der Zeil – ein Ariernachweis wurde erst
später verlangt vorerst genügte das Familienstammbuch

7

Dein Vater war kein Held
dein Vater war kein Widerstandskämpfer
dein Vater war kein Märtyrer des 20. Juli 1944
dein Vater war kein Ritter in schimmernder Rüstung
dein Vater hat sein Leben nicht riskiert
dein Vater gab dem Kaiser was des Kaisers ist
Herr Cäsar so hieß sein Vorgesetzter bei Röchling ein
hohes Tier stellte deinem Vater einen Persilschein aus
später behauptete deine Mutter mit den Waffen
einer Frau habe sie die Freistellung deines Vaters und
noch später seine Beförderung zum Botschafter bewirkt
blanker Unsinn denn als Syndikus eines Rüstungsbetriebs
war dein Vater vom Wehrdienst befreit die Stahlwerke
Röchling-Buderus waren ein kriegswichtiger Konzern
in dem Fremdarbeiter und KZ-Häftlinge schufteten
ein Holländer der einen politischen Witz erzählt hatte
wurde wegen Wehrkraftzersetzung in Plötzensee gehängt
als du deinen Vater danach fragst erinnert er sich nicht
und betont dass er einer alten Dame mit gelbem Stern
einen freien Platz angeboten habe in der Straßenbahn
sei keine Heldentat sondern normaler Anstand gewesen

dein Vater hat nie behauptet ein Held gewesen zu sein
dass er nicht an den Endsieg glaubte behielt er für sich
so wie sein Unbehagen beim deutschen Einmarsch
in Paris damals zweifelte er an seinem Verstand
weil er keine Freude empfand über Hitlers Blitzsiege
auch die Einziehung zur Werksflak bei Buderus war kein
Ruhmesblatt Dienst an 3,7-Zentimeter-Geschützen des
schwedischen Rüstungskonzerns Bofors für die es keine
passende Munition gab so dass Bomber der Royal Air
Force die Leitz- und Buderuswerke anfliegen konnten
ohne Gegenwehr wegen schlechten Wetters drehten sie
in letzter Minute ab und warfen ihre tödliche Fracht auf
Koblenz dessen Innenstadt im Feuersturm verglühte
dein Vater war kein Mitglied der NSDAP weder Nazi
noch Kommunist ein überzeugter Demokrat und deshalb
ernannte der amerikanische Stadtkommandant ihn zum
Bürgermeister von Wetzlar der kleine Mitläufer die keine
Verbrechen begangen hatten aus Internierungslagern entließ
und die Alleebäume vor dem Abholzen durch die US-Army
rettete – die Stadt Wetzlar ist ihm noch heute dankbar dafür

Alles schön und gut – aber wie erklärst du den Hitlergruß
am Ende eines langen Briefes, den dein Vater aus Haiti an
seinen Schwiegervater schickte: »Und so schließe ich diese
Zeilen mit einem markigen Heil Hitler!*« War das politische*
Mimikry vorauseilender Gehorsam Scherz Satire Ironie
mit oder ohne tiefere Bedeutung –

8

Mein Vater war einen Kopf größer als ich. Sein Diplomatenpass, den ich in der Schreibtischschublade aufbewahre, gibt seine Körpergröße mit eins einundachtzig an, ich selbst bin nur eins achtundsechzig groß, ein ewiger Altachtundsechziger. In meiner Erinnerung werde ich immer kleiner, während mein Vater immer größer wird, obwohl es umgekehrt war und er im Alter zu schrumpfen schien. Jetzt aber, während ich über meinen Vater schreibe, verwandle ich mich wieder in ein Kind, das knapp bis zur Tischkante reicht.

Vielleicht habe ich meinen Vater deshalb so geliebt, weil er die meiste Zeit über abwesend war, als Ministerialrat in Wiesbaden, während die Familie in Wetzlar blieb, als vortragender Legationsrat in Bonn, während ich in Wiesbaden und später in Bad Godesberg zur Schule ging und er als Generalkonsul in Sydney amtierte. Als Platzhalter meines Vaters standen seine auf hölzerne Schuhspanner gespannten Schuhe im Schrank. Auch die Chauffeure fungierten als Stellvertreter meines Vaters, als Stellvertreterinnen der Mutter fungierten Dienstmädchen, die Gretel, Käthe oder Hannah hießen, am Morgen bohnerten oder staubsaugten, mittags in gestärkten Blusen Essen auftrugen und mir abends, während ich wild mit den Beinen strampelte, kratzende Pullover über die Ohren zogen. Unter der Woche war mein Vater abwesend, nur zum Wochenende kam er nach Hause mit Bergen von Akten, die sein Chauffeur ihm nachtrug, grub den Garten um, jätete Unkraut und fütterte die Hühner, die er im Krieg angeschafft hatte. Oder er saß im Sessel und las die Wetzlarer Zeitung – damals gab es noch kein Fernsehen. Mein größtes Vergnügen war der Augenblick, wenn mein Vater die Zeitung weglegte und mich auf den Schoß nahm: *Hoppe, hoppe Reiter/ wenn er fällt / dann schreit er / fällt er in den Graben / fressen ihn die Raben / fällt er in den Sumpf / macht der Reiter plumps!* Oder wenn er mir aus *Max und Moritz* vorlas, aus dem *Struwwelpeter* oder aus *Hans im Glück*, der einen Goldklumpen für ein Pferd eine Kuh eine Gans und zuletzt einen Schleifstein eintauscht, der – *plumps* – in den Brunnen fällt. Oder – ein seltener Glücksmoment – wenn mein Vater mich aus dem Bett holte, weil die Eltern Gäste hatten, und mich im Nachthemd ins Wohnzimmer trug, wo ich an seinem Weinglas nippen und den Geschichten zuhören durfte, die er den Gästen oder die Gäste ihm erzählten. Der Höhepunkt des Abends kam, wenn mein Vater sich ein Chaplinbärtchen auf die Oberlippe klebte und den großen Diktator parodierte, der vor dem Spiegel seine Rednerposen übt: *Deutsche Volksgenossen und Volksgenossinnen!* Und wie Rumpelstilzchen trampelte er so heftig aufs Parkett, dass die Gläser im Geschirrschrank klirrten.

Zwei Jugendzeiten in Bonn die erste im Sattel zugebracht
Mitte der fünfziger Jahre nomadisch auf dem Fahrrad
Lagerfeuer angefacht Knorr- und Maggi-Suppe gekocht
Rauchholz inhaliert das Wort hast du vor vierzig Jahren zum
letzten Mal gehört Liane das Mädchen aus dem Urwald
Kopfsprung in eiskalten Baggersee sonniger Märztag 1953
Graupelschauer Schneematsch Stalins Tod nasser Dynamo
jeden Morgen mit dem Fahrrad von Kessenich nach Bad
Godesberg Hochkreuz Nicolaus-Cusanus-Gymnasium
in den Ferien Kohlen geschippt in der Coca-Cola-Distillerie
Herr Doktor erzählen Sie noch einmal wie Sie in der Ägäis
schwammen und neben Ihnen ein Hai auftauchte der sich als
Delphin entpuppte mit gebogener Rückenflosse und wie
die Dorfbewohner Ihnen Brot und Salz verweigerten oder
war es Wasser und Brot? Heiliges Gastrecht missachtet antike
Tradition mit Füßen getreten beim Rückzug der Wehrmacht
Thermopylen wo schon die Spartaner unter Artilleriebeschuss
Flugbahnen genau berechnet rasiermesserscharfe Schrapnells
schwere Verluste auf beiden Seiten der lag so mühelos am
Rand des Weges mein Kopf der träumt wird nicht abgehackt

Zweite Jugend in Bonn nach der Rückkehr aus Marseille
1959 Lindenblüten sondern Sperma ab Dauererektion rot
blühender Kastanien Jahrhundertsommer Kopfsprung vom
Zehn-Meter-Turm: Machst du einen Köpper oder nicht
fragt Wilfried Hecker Metzgerlehrling und Jazz-Musiker
sein auf Handtücher gebettetes Publikum bevor er eine
Ente einen Bauchplatscher oder eine Arschbombe macht
unter dem Beifall der Melbbad-Besucher in Poppelsdorf

Brausepulver mit Waldmeister Afri-Cola Bluna Sinalco
Melone mit Portwein Bouillabaisse Baba-au-rhum im
Club Nautique an der Corniche mit Blick aufs Château d'If
wo der Graf von Monte Christo Lino Ventura und Fernandel
später dann halbe Wienerwald-Hähnchen in der Bonngasse
nicht zu verwechseln mit Halve Hahn der Kölner Spezialität
dazu Butter und Röggelchen Blutwurst oder Bloodwoorsch
das ist die Frage wollen Sie Ketchup Senf oder Majonnaise?
Von Weiberfastnacht bis Aschermittwoch wird durchgetanzt
Beethovenhalle in Bonn wo früher das Bunkergelände war
Pino was here von Bix Beiderbecke inspirierter Kornettist
der Razzy-Dazzy-Band aggressive Sturmspitze Fußballtalent
und Wolfgang Koeppen lässt einen christlich-konservativen
Politiker im Mercedes hier vorfahren auf der Suche nach
pädophilem Sex seinen Chauffeur hat er vorher nach Hause
geschickt Das Treibhaus *Roman aus der Frühzeit der Bonner*
Republik: Rein in die Mülltonnen raus aus den Mülltonnen
pflegte Herr Henseler zu rufen euer Musiklehrer dessen
Dissertation über Mendelssohn die Rheinische Friedrich
Wilhelms Universität zuerst akzeptierte und dann für null
und nichtig erklärte die Promotion wurde annulliert der Titel
aberkannt zeitgleich mit dem Dr. h. c. für Thomas Mann bei
dem die Universität sich später entschuldigte während Herr
Henseler vergeblich auf seine Rehabilitation wartete und ins
Klassenbuch schrieb: Schüler betätigt Knallpistole Schütze
meldet sich nicht, gez. Henseler –

Mittelpunkt der Wohnung meiner Eltern war nicht
das Wohnzimmer oder der Esstisch mit der geblümten Decke, hinter deren Falten und Troddeln ich
mich versteckte und dessen Tischplatte, wenn Gäste
kamen, auseinander gezogen wurde – auch nicht die
Küche mit Fenster zum Hof, wo ich frühmorgens im
Stehen Haferflocken mit Zucker und Zimt, manchmal auch mit Kakao, herunterschlang, auch das
Elternschlafzimmer, das Kinderzimmer oder die
Bibliothek waren nicht der Mittelpunkt der Wohnung, sondern der schwarz lackierte Bechstein-Flügel, an dem mein Vater nach Dienstschluss, wenn er
nach Hause kam vom Auswärtigen Amt, Klavier-
sonaten von Bach Beethoven Mozart spielte, in spä-
teren Jahren, als das Klavierspiel an Stelle des Kirch-
gangs trat, nur noch sonntags – mein Vater ging
selten zur Kirche, war nicht religiös, anders als seine
Schwestern in Haiti, denen eine Nonne die Beichte
abnahm, sonntags gingen sie zur Messe in die Ka-
thedrale von Pétionville, und als sie alt und gebrech-
lich wurden, hörten sie die Messe im Radio oder
schauten sie im Fernsehen an, Radio Vatikan oder
Christian TV, der Bechstein-Flügel vertrat die deutsche Musik und die europäische Kultur, obwohl auf
der schwarz glänzenden Politur ein asiatisches Sei-
dentuch lag, auf dem eine chinesische Vase stand,
die gesamte Weltkultur war im Flügel präsent, einschließlich Afrika und Nordamerika, wenn ich
schrille Synkopen von Thelonious Monk in die Tas-

ten hämmerte, *Blue Monk*, *Round Midnight*, *Ornithology*, Letzteres stammte von Charlie Parker, eine Bepop-Paraphrase auf *How High the Moon*, *Night in Tunisia*, *Loverman* oder *Oleo*, nicht zu vergessen *Moanin'* von Johnny Griffin und *Work Song* von Cannonball Adderley, damit war mein Jazz-Repertoire erschöpft, während mein keuchendes Gesicht sich im schwarzen Lack des Flügels spiegelte, und meine Mutter, meine Schwester und das Dienstmädchen Hannah sich Ohropax in die Ohren stopften, um das Hämmern und Dudeln nicht hören zu müssen, das ich erst dem Klavier, dann dem Altsaxophon entlockte. Mein Vater war schwerhörig und hörte den kakophonen Lärm nicht, statt Klavier zu spielen, zog er sich in seine Bibliothek zurück oder las im Bett sitzend Partituren von Mahler Schubert Wagner Brahms, während ich eine Etage tiefer, im Partykeller, Altsaxophon übte und von Kafka inspirierte Kurzprosa schrieb.

ZWEI ODER DREI DINGE, DIE ICH
VON IHR WEISS

1

Deine Mutter hieß Rut mit Vornamen
Rut ohne h aber auf ihrer Geburtsurkunde
steht Ruth vielleicht hat sie das h nach 1933
weggelassen weil Rut ohne h arischer klang
Prolet wie lange noch wirf ab das Judenjoch
las sie auf dem Weg zur Schule in Warstein
wo das gleichnamige Bier herkommt Villa
im Grünen mit Pferd im Stall Shetlandpony
ihr älterer Bruder nannte sie Bims Onkel Gustav
der mit deinem Vater durchs Erzgebirge wanderte
Bergsteiger Segler Fechter und U-Boot-Ingenieur
dessen Feindfahrt auf Höhe der Azoren endete
tausend Meter unter dem Meeresspiegel durch
Radar geortet von Wasserbomben versenkt Onkel
Meyercordt dem Haare aus der Nase wuchsen Onkel
Rolf der im russischen Feldlazarett Arme und Beine
amputierte mit oder ohne Narkose mit oder ohne
Parteiabzeichen ein von Blitzmädels OP-Schwestern
angehimmelter Halbgott in Weiß begnadeter Chirurg
Jahre später in Esslingen hat er dir sein Leben erzählt
und Tante Rita deren Tochter mit sechzehn Reitunfall
seitdem zog Leichengeruch durch die Fabrikantenvilla

in Oberlenningen wo du von der Brücke aus zusahst wie
große Forellen die kleinen fraßen Hecht im Karpfenteich
dicker Fisch wo du mit dem Luftgewehr eine Amsel erlegt
und mit bloßen Händen einen Salamander gefangen hast
der unter Zurücklassung seines Schwanzes floh Rut mit
oder ohne h macht auf dem Realgymnasium in Darmstadt
Abitur und angelt sich einen gutaussehenden Mann
sportlicher Typ Knickerbocker asiatischer Gesichtsschnitt
straff nach hinten gekämmtes Haar dein Vater holt sie auf
dem Motorrad am Schultor ab Mitschülerinnen blass
vor Neid noch fünfzig Jahre später beim Klassentreffen
die Liste der Teilnehmerinnen hat dein Vater abgetippt
mit handschriftlichen Zusätzen deiner Mutter die bald
nach der Hochzeit eine Fehlgeburt erlitt bevor sie mit
dem Hapag-Lloyd-Dampfer von Hamburg nach Haiti fuhr
Landgang in Puerto Rico Einkaufstour auf der Fifth Avenue
New York dann Port-au-Prince ein Dreckloch schmutziger
Kaffernkral schwüle Hitze bei Nacht Hundegebell dazu
Hahnenkämpfe Negerschweiß Köchin und Kinderfrau
von Voodoo-Geistern besessen statt deutscher Küche
Riz djon-djon Kongobohnen rote und grüne Paprika-
Schoten genannt Piment Bouc nach deinem Großvater
(ein Bremer Kapitän der sich brüstete in Surabaya die
schärfsten Chilis gegessen zu haben fiel in Ohnmacht
als er in eine von deinem Großvater gezüchtete Schote
biss und der Schiffskoch erblindete als er sich die Augen
rieb) Rumcocktails Botschaftsempfänge Tennisclub
Geburtswehen acht Pfund schwerer Junge Blondschopf
auf dem Schulschiff Schleswig-Holstein getauft das
drei Jahre später vor der Danziger Westernplatte den
Startschuss zum Zweiten Weltkrieg gab – glaubst du

immer noch deine Mutter hat dich nicht geliebt weil
sie deine Sammlung Illustrierte Klassiker *der Putzfrau*
schenkte die Koltermann hieß Frau Koltermann –

2

Vor meiner Geburt war ich ein Molekül, nein, weniger
als das, ein Atom, eine Ziffer im periodischen System der Elemente, vom Sonnenwind verwehter Ster-
nenstaub, der den Boden fruchtbar und die Frauen
schwanger macht, und im Bauch meiner Mutter
wuchs ich heran vom Geißeltier zur Kaulquappe
und später zum Fisch, der durchs Fruchtwasser pad-
delte, bevor er an Land kroch und mit Lungen zu
atmen begann. Nach neun Monaten erblickte ich
das Licht der Welt, übte stockend und stolpernd die
Sprache der Menschen, den aufrechten Gang, lernte
Roller- und Radfahren, später kamen Schlittschuhe,
Surfbretter und Skier dazu, ich legte die Fahrprüfung
ab, erwarb den Führerschein Klasse zwei für Kraft-
wagen mit Verbrennungsmotor, und im Zeitraffer
holte ich die Entwicklung der Menschheit nach, vom
Urmenschen, der die Wände seiner Höhle mit Abdrücken seiner Hände und Umrissen von Mammuts
und Wildpferden schmückt, die er mit magischen
Ritualen beschwört, weil von der Wiederkehr der
Herden das Überleben der Horde abhängt, und weiter vom Jäger und Sammler zum Ackerbauern, der
seine Felder bewässert und im Schweiße seines An-

gesichts pflügt, sät und erntet, bevor er Städte baut, Staaten gründet und sich Gallier, Germane, Grieche oder Römer nennt, doch das genügt mir nicht, ich bin Wulfila, der die Bibel ins Gotische übersetzt, der Slawenapostel Kyrill, der das Neue Testament ins Altkirchenslawische überträgt, ich bin Erik der Rote, der 500 Jahre vor Kolumbus Amerika entdeckt, Parzival auf der Suche nach dem Heiligen Gral, Prinz Eisenherz Richard Löwenherz Robin Hood, ich bin Ivanhoe der schwarze Ritter und Errol Flynn der rote Korsar, der Graf von Monte Christo und die drei Musketiere Artus Portus d'Artagnan – oder waren es vier? Ich bin Hermann der Cherusker der Hunnenkönig Attila und der Welteroberer Dschingis Khan, Nero im brennenden Rom und Napoleon im brennenden Moskau, ich verehre Rommel, den Wüstenfuchs, beneide Mitschüler, deren Väter sich in Stalingrad Monte Cassino El Alamein mit Ruhm bekleckert haben, und bedaure, dass mein Vater sich vor dem Wehrdienst gedrückt und Deutschland deshalb den Krieg verloren hat! Ich bin Sigismund Rüstig Robinson Crusoe Lederstrumpf Chingachkook, nicht zu vergessen Freitag der Polynesier und Unkas der letzte Mohikaner, ich bin Winnetou Old Shatterhand Sam Hawkins Hadschi Halef Omar Kapitän Nemo und der Harpunier Ned Land, ich bin der schwatzhafte Papagei auf Stevensons Schatzinsel, Captain Bligh, der die Meuterei auf der Bounty niederschlägt, Tom Sawyer Huckleberry Finn Oliver Twist David Copperfield Dr. Jekyll und Mr. Hyde Superman Batman Micky Maus und Donald Duck, ich bin Tick Trick und Track, der Pechvogel Goofy, der Glückspilz Gustav Gans und der im Geld schwimmende Dagobert Duck. Dann trete ich aus der mythischen Vorgeschichte in die vom Menschen gemachte Geschichte ein: Ich werde zum Revolutionär, der die Welt nicht nur interpretieren, sondern verändern will, indem er einen Funken vom Herdfeuer der Götter stiehlt: Ich heiße Spartacus Jeanne d'Arc Wilhelm Tell Thomas Münzer Jean Paul Marat Toussaint Louverture Leo Trotzki Ernesto Che Guevara Ho Chi Minh, und die Spur meiner Erdentage wird in Äonen nicht untergehen, weil ich die Menschheit aus selbstverschuldeter Unmündigkeit befreien und ins Gelobte Land führen werde, wo nicht der Mensch den Menschen ausbeutet, sondern umgekehrt!

3

Mit dreizehn oder vierzehn schwor ich mir feierlich, die Ideale meiner Jugend nicht zu verraten und nie zu vergessen, wie mir als kleiner Junge und später als Heranwachsender zumute gewesen war – heute, ein Menschenalter danach, habe ich die Kindheit vergessen oder verdrängt und weiß nicht mehr, wie es sich anfühlt, in kurzen Hosen über die Straße zu rennen und sich am Bordstein das Knie wund zu schlagen. Nur im Halbschlaf, wenn die Kontrolle des wachen Bewusstseins aussetzt, rüttle ich weinend am Gitter meines Laufstalls, rufe nach dem

Kindermädchen Gretel und höre die Schritte von Herrn oder Frau Mosler in der Etage über mir. Oder ich renne in panischer Flucht ums Haus, verfolgt von einem flügelschlagenden Hahn, der mir seine Krallen in die Schulter und den Schnabel in den Nacken schlägt. Dann wieder liege ich apathisch im Bett, ein Fieberthermometer im Mund, während mir warmes Blut aus der Nase rinnt und der Kinderarzt Dr. Rinn – er heißt wirklich so – Mandelentzündung diagnostiziert, ein Schreckenswort wie Kinderlähmung oder Diphtherie. Ich sträube mich mit Händen und Füßen gegen die Wollstrümpfe, die Gretel mir überstreift, und beruhige mich erst, als sie mich auf den Arm nimmt und küsst und der Duft von frischer Kernseife mir in die Nase steigt.

4

Meine Mutter hatte einen Gehirntumor
1956 diagnostiziert 1957 operiert
von Professor Röttgen Universitätsklinik Bonn
danach war nichts mehr wie zuvor
mein Urvertrauen erschüttert schon früher
als sie anfing über Kopfschmerzen zu klagen
Tag und Nacht rasende Kopfschmerzen ihr linkes Auge
trat immer weiter hervor oder war es das rechte?
Angeblich war die Straßenbahn schuld daran
von deren Plattform sie fiel als Schülerin
Ende der zwanziger Jahre in Darmstadt

Ich betete zu Gott lieber Gott mach meine Mutter
wieder gesund lass den Tumor gutartig sein
aber Gott erhörte meine Gebete nicht weil ich
heimlich unter der Bettdecke masturbierte ein Foto
von Brigitte Bardot vor Augen schwarzweiß oder
farbig ausgeschnitten aus einer Illustrierten Bunte
Quick oder Stern vom Schein der Taschenlampe
angestrahlt Brigitte Bardots Schmollmund ihre
hochgesteckte Frisur ihr knapper Bikini ihr Busen
ihr Arsch ein Anblick der mich erregte ich rieb
meinen steifen Pimmel bis es mir kam hinterher
wischte ich das Sperma mit dem Tempotaschentuch
ab bat Gott um Vergebung für meine unkeuschen
Gedanken und schwor mir es nie wieder zu tun
aber ich tat es immer wieder beim Anblick dieses
und anderer Fotos Und Gott erschuf das Weib /
Führe mich nicht in Versuchung / Nur Gott sieht mich
ich fühlte mich schuldig der Tumor im Kopf meiner
Mutter war Gottes Strafe für meine Unkeuschheit
vergeblich gelobte ich Besserung der Geist war willig
doch das Fleisch war schwach und immer wieder
verging ich mich an mir selbst und befleckte meinen
von Gott dem Herrn geheiligten Körper wenn die
Fleischeslust mich überkam Gott wandte sich ab von
mir aber Jesus hatte ein Einsehen der Tumor war
gutartig die Operation ein Erfolg auf den Knien meines
Herzens dankte ich Gott für die unverdiente Gnade
doch meine Mutter war nicht mehr dieselbe wie zuvor
auf einem Auge blind die Haare geschoren wie ein KZ-
Häftling oder eine Französin die sich mit deutschen
Besatzungssoldaten herumgetrieben hat ihr Wesen

war verändert sie fand sich hässlich Schwindelanfälle
Schlafstörungen fühlte sich ungeliebt weinte viel
während ich Latein Griechisch Englisch Französisch
büffelte David Copperfield *las und Thomas Manns*
Zauberberg *durchackerte verliebt in Madame Chauchat*
die mit slawischem Akzent französisch sprach wie Marina
Vlady deren Foto ich im Schein der Taschenlampe unter
der Bettdecke betrachtete vielleicht war das der Grund
warum ich auf der Bonner Volkshochschule freiwillig
Russisch studierte nach einem Lehrbuch von Wolfgang
Steinitz Mitglied des ZK der SED aber das wussten wir
nicht Mascha Mascha tam kartina eto traktor i maschina
deklamierten wir und sojuz sovjetskich socialisti eskich
respublik jest socialisti eskoe gosudarstvo rabo ich
i krestjan – und während Chruschtschow auf dem XX.
Parteitag die Entstalinisierung verkündete übersetzten
wir Stalins Rede über die Verfassung der UdSSR und
während sowjetische Panzer durch Budapest rasselten
lernten wir dass Wladimir Iljitsch Uljanow in Simbirsk
geboren wurde heute Uljanowsk –

5

Nach ihrer Kopfoperation begann meine Mutter zu
malen, nein, sie hatte schon vorher zu malen begonnen auf Anregung von Ernst Kelle in Marburg, ein
Expressionist, der in der Nazizeit als entartet galt
und dessen Bild eines traumverlorenen Liebespaars
in Blau- und Grüntönen über der Anrichte im Wohn-

zimmer meiner Eltern hing – früher sagte man Kredenz dazu. Das Malen strengte sie an, weil sie nur noch mit einem Auge sah, ihr Blick war nach innen gerichtet, auf innere Landschaften, und nach zwei, drei Stunden an der Staffelei, mit zusammengekniffenem Auge die Leinwand aus der Nähe und Ferne betrachtend, war sie körperlich und seelisch erschöpft, aber es ging ihr besser als sonst, das Gefühl, eine Herausforderung gemeistert zu haben, gab ihr Auftrieb, und am nächsten oder übernächsten Tag stand sie wieder vor der Staffelei, drückte Ölfarben aus der Tube, mischte sie und trug mit breiten Pinselstrichen, manchmal auch mit dem Daumen – ihr breiter Daumen wäre eine eigene Abhandlung wert – pastose Flächen und Flecken auf die Leinwand, Farbteppiche bildend wie die Seerosen von Manet oder Monet, die mich an die einander überkreuzenden Melodien des Modern Jazz Quartett erinnerten. *Sheets of Sound* hieß der Fachausdruck dafür und wie bei einem Saxophonsolo von John Coltrane war mir nicht klar, ob es sich um eine abstrakte Komposition handelte oder ob die seriellen Muster und Farbkaskaden die Schieferdächer eines hessischen Dorfs oder Lavendelfelder in der Provence zeigten, falls sie überhaupt etwas darstellten: »Blumen, Regentropfen, Schwäne, afrikanische Impressionen wechseln mit Carmen, Erinnerungen an eine Festspielaufführung, Lampions und Frauengefängnis sind kontrastreiche Themen«, schrieb die *Berner Zeitung* über die Bilder meiner Mutter, die weder Afrika bereist, noch aus dem Gefängnis geflohen und auch nicht auf Gau-

guins Spuren in der Südsee gewesen war, wie der
Journalist mutmaßte, Haiti mit Tahiti verwechselnd.
Auch Sydney, wo mein Vater als Generalkonsul resi-
dierte, hatte sie nie besucht, weil die Ärzte ihr ab-
rieten von der wochenlangen Seereise, nur der Hirn-
chirurg Professor Röttgen riet zu, aber nach der
Kopfoperation sank das Selbstvertrauen meiner Mutter auf den Tiefpunkt bis zu ihrer Begegnung mit
Picasso, die sie vom Tumor kuriert hat: Angeblich
schickte der Maestro seinen Gärtner zu ihr, als sie
in Vallauris am Fenster seines Ateliers vorbeiging,
weil er Rut Buchs Bekanntschaft zu machen wünsch-
te, und sie legte ihm eine Mappe mit Aquarellen vor,
die Picasso in höchsten Tönen gelobt haben soll …

Was für Bonbonfarben! hatte mein nach Stockholm
übersiedelter Freund Peter Prinz gerufen, und das
negative Urteil des drei oder vier Jahre Älteren, der
von Beruf Goldschmied war, aber auch Klarinette,
Saxophon und Flöte spielte, Maler und Bildhauer,
Lebenskünstler und Frauenheld noch dazu, das Urteil meines Jugendfreundes verstellte mir den Blick
auf das künstlerische Talent meiner Mutter, die
trotz eines Hangs zum Kitsch mehr als eine Sonn-
tagsmalerin war, eine begabte Künstlerin, deren Bilder heute die Wände meiner Berliner Wohnung
schmücken. Die zwanzig Jahre ältere Nell Walden,
Witwe von Herwarth Walden, der vor dem Ersten
Weltkrieg Picasso, Modigliani und die italienischen
Futuristen nach Berlin geholt hatte, ehe er, zum
Kommunismus bekehrt, im sowjetischen Exil starb,

hat das Talent meiner Mutter so charakterisiert: »Ihr Beruf ist, die Frau eines Botschafters zu sein. Sie macht das mit Geschick und Charme. Aber sie hat das Glück, eine musische Begabung zu haben, und malt in freien Stunden, ganz und gar unakademisch, Berge, Wasser, Segel, Pflanzen und Tiere. In ihren Bildern finden wir keine Theorie.« Nell Walden, die in ihren letzten Lebensjahren mit meiner Mutter befreundet war, sagte diese Sätze zur Eröffnung einer Ausstellung ihrer Arbeiten, und der Chronist der *Berner Zeitung* merkte als Lokalpatriot an: »Rut Buch soll eine Bündner Großmutter haben, Caroline Maurer aus Chur. Dann wundert uns nichts mehr, sind doch die Bündner Frauen sehr gute Landschafterinnen. Dazu kommen musische Vorfahren und ein schreibender Sohn – sein Erstling heißt *Unerhörte Begebenheiten*. Wir wünschen der malenden Mutter, dem musikalischen Vater und dem schreibenden Sohn, dass sie noch lange unter uns weilen mögen, denn Rut Buchs gelungenste Bilder gelten der Altstadt von Bern und ihren Dächern.«

6

*Damals im Sommer 1967 schriebst du am Ufer
der Aare im Garten der Botschaftsresidenz
ausstaffiert mit wie es hieß von Hermann Göring
handverlesenen Perserteppichen aus von der Wehrmacht
besetzten Ländern Europas einen Essay über Jules Verne*

dessen Romane du im Liegestuhl sitzend last am
Rand des aus einer Felsenquelle gespeisten Bassins
eiskaltes Wasser in dem du täglich schwammst
oder du stiegst die Gartenpforte entriegelnd zur Aare
hinab deren schnell fließendes Wasser dich an der
nächsten Krümmung an Land warf – niemand badet
zweimal im selben Fluss, oder doch? Schlotternd
vor Kälte und triefnass im Kopf die Abenteuer von
Sir Phileas Fogg der eine indische Witwe vor dem
Feuertod rettet sein Diener heißt Passepartout ein
sprechender Name wie Ned Land das Alter Ego
von Kapitän Nemo und Arne Sacknussem der zum
Mittelpunkt der Erde reist – hieß er wirklich so?
In den Semesterferien ein Jahr zuvor hattest du
deinen ersten Essay geschrieben über Ian Flemings
James-Bond-Romane die du auf Englisch im Bett
liegend last Hinterhof Parterre Bamberger Str. 9
wo eine Stewardess aus Wien dich besuchte die
du Stockerl nanntest Österreichisch für Hocker
weil sie es dir in Hockstellung mit dem Munde
besorgte Enzensberger lobte deinen im Monat
gedruckten Essay über James Bond mit dessen
Honorar fünfhundert Mark damals viel Geld
du deine Ferienreise nach Sanary finanziert hast
bevor du lesend und schreibend das Werk von
Jules Verne erforschtest ein Zentralmassiv der so
genannten Trivialliteratur später kommt Tarzan dazu
den du schon als Kind bewundert hast Der Dschungel
war stärker als die Zivilisation Die Priesterin versteckte
sich in einer Felsnische Der Grund meines Kommens
Lord Greystoke ist Ihr Ruf ein Afrikakenner zu sein –

Und während du die Welt in achtzig Tagen umschiffst
hält deine Mutter bei offenem Fenster Mittagsschlaf
sediert von Valium mit dem sie ihre Kopfschmerzen
zu betäuben versucht und als das Läuten einer Glocke –
vielleicht ist es auch Musik aus der russischen Botschaft
nebenan vor deren Tor du am 21. August 1968 Stalin lebt
auf den Asphalt schriebst mit kyrillischen Buchstaben
Stalin živjot *– danach wurde die Residenz des deutschen*
Botschafters mit Richtfunkantennen abgehört die außer
Klavierkonzerten nichts registrierten – als das Läuten
einer Glocke deine Mutter aus der Siesta weckt sieht sie
eine Amsel vor sich nein eine diebische Elster die ihr mit
spitzem Schnabel eine Silberlocke von der Stirn zupft –

7

Ich will schildern, wie meine Mutter den Maler Pablo
Picasso besucht hat, der sich damals, 1958, auf dem
Höhepunkt seines Ruhms befand. Um die Begegnung mit Picasso zu schildern, muss ich mich zu-
rückversetzen ins Kloster La Sainte Baume, wo meine Mutter sich von den Folgen ihrer Kopfoperation
erholte, während ich am Refektoriumstisch unregel-
mäßige Verben paukte, unter Anleitung eines Domi-
nikaners in dunkelbrauner Kutte, der mir den Unterschied zwischen Imperfekt und Passé Simple,
Konjunktiv und Konditional einbläute. Vielleicht
war es auch ein weißgewandeter Franziskaner, den
der Gesang der Wehrmachtssoldaten so beeindruckt

hatte, dass er von deutschem Liedgut und deutschem Sprudel schwärmte, Apollinaris und Selters anstelle von Vittel oder Perrier. Meine Mutter las den mit dem Nobelpreis prämierten Roman *Doktor Schiwago*, dessen Autor bei Chruschtschow in Ungnade fiel, während ich mit meiner Schwester Pinien- und Korkeichenwälder durchstreifte, Esskastanien sammelte und Kerzenstummel anzündete vor einer Grotte, in der die Jungfrau Maria zwei Hirtenknaben erschienen war. Auf dem Rückweg verirrten wir uns und kehrten erst Stunden später, laut rufend im finsteren Wald, in das als Herberge dienende Kloster zurück, dessen Mönche mit Taschenlampen ausgeschwärmt waren, um uns zu suchen.

Als es ihr besser ging, begann meine Mutter zu malen, was sie mehr ermüdete als früher, weil sie als Folge des Hirntumors nur noch auf einem Auge sah. Sie klagte über Kopfschmerzen Schwindelanfälle Sehstörungen, während sie mit zusammengekniffenen Augen die umliegende Landschaft ins Visier nahm und die Berge und Wälder von La Sainte Baume, einschließlich der zur Jungfrau Maria betenden Hirtenjungen und des zum Millionär gewordenen Eisheiligen – so nannten wir einen steinalten Unternehmer, der Eisblöcke in Höhlen lagerte und mit einem Kastenwagen aus den zwanziger Jahren seine Kunden belieferte. Inspiriert von Cézanne, ging es meiner Mutter nicht ums Was, sondern um das Wie der Erscheinungswelt, und sie mischte stundenlang Farben auf der Palette, bis sie das richtige Grau,

Grün oder Braun gefunden hatte, das die Rinde der Korkeichen, den Schatten der Pinien und die Kalkfelsen der Provence adäquat wiedergab.

Mit Zeichnungen und Aquarellen im Gepäck fuhr sie mit dem Taxi nach Vallauris und bestellte einen Ricard oder Pernod in einem mit Picasso-Plakaten dekorierten Café, dessen Kellner, ein *Pied noir* – so nannte man die Algerienfranzosen im Volksmund – meiner Schwester und mir Himbeersirup mit Limonade servierte – vielleicht war es auch eine *Menthe-à-l'eau*. Mit Blick auf am Dorfplatz herumlungernde Boules-Spieler schärfte meine Mutter uns ein, am Caféhaustisch sitzen zu bleiben, klemmte sich ihre Kunstmappe unter den Arm und ging, nachdem sie den Kellner gebeten hatte, ihre Kinder nicht aus den Augen zu lassen, zu einem Kiosk, dessen Inhaber ihr zum Atelier des Maestro den Weg wies.

Eine Stunde verstrich, und als meine Mutter nicht wiederkam, zahlte ich die Zeche von meinem Taschengeld – 500 Francs, umgerechnet vier Mark, damals viel Geld – nahm meine Schwester an der Hand und machte mich auf die Suche nach Picasso, dirigiert vom Kioskverkäufer, der uns zur nächsten Straßenecke geleitete. Vor einem von Zypressen beschatteten Anwesen war ein Gärtner zugange, der mit klickender Schere eine Buchsbaumhecke beschnitt – vielleicht war es auch ein Bougainvillea-Busch. Beim Anblick der beiden Kinder nahm er seine Gauloise aus dem Mund, schnippte die Asche

auf den Boden und wies stumm, mit hochgerecktem
Kinn, auf das spaltoffene Gartentor. Die Sonne
stand senkrecht am Himmel, blau und sauber gefegt
vom Mistral, und ohne Schatten zu werfen, gingen
wir Hand in Hand über knirschenden Kies, der an
den Sohlen meiner Espadrilles haften blieb, auf ein
Gartenhaus zu, hinter dessen Panoramascheiben
sich kein Atelier, sondern ein Keramikofen befand.
Umgeben von Skulpturen aus ungebranntem Ton,
die Tintenfische und Delphine darstellten, Neptun
mit Dreizack und einen Stier, der Europa auf dem
Rücken trägt, stand Picasso vor einer Wandtafel und
zeichnete meine Mutter, die im schulterfreien Kleid
auf einem Küchenstuhl saß, aus doppelter Perspek-
tive, frontal und gleichzeitig im Profil. Ihre durch
die Kopfoperation deformierte Stirn, aus der das
Auge am Betrachter vorbeischaute in eine andere
Welt, hatte es ihm angetan: Wie in einem Pharaonen-
grab oder einer koptischen Kirche, wo es zur Abwehr
des bösen Blickes dient, hatte er das Auge meiner
Mutter mit Kreidestrichen skizziert, christliche Ikone,
heidnischer Fluch, Vulva und Phallus zugleich, und
erst als der Gärtner meine Schwester und mich
durch die geöffnete Tür schob, bemerkten wir die
Besucher, einen Kunsthändler aus New York und
eine Fotografin in Latzhosen, die den Maler und
sein Modell knipste. Hinterher formierten wir uns
zu einem Gruppenbild, das den Weg alles Irdischen
ging, ebenso wie das Auge meiner Mutter, das der
Meister, mit dem Ergebnis unzufrieden, mit nassem
Schwamm von der Tafel wischte, während ein Haus-

mädchen in geblümter Schürze den Erwachsenen Espresso und meiner Schwester und mir Kakao anbot.

Während wir schüchtern an unseren Tassen nippten, blätterte Picasso die Mappe meiner Mutter durch und signalisierte wortlos, durch Nicken oder Schütteln des Kopfs, Einverständnis oder Kritik. Zum Abschied überreichte er ihr eine Einladung, die er schwungvoll signierte, zur Ausstellung seiner Keramiken in Cannes, und geleitete uns zum Gartentor, wo er sich, unsere Köpfe tätschelnd, von meiner Schwester und mir verabschiedete. Was mir von dem Besuch in Erinnerung geblieben ist, sind die übergroßen Augen des Meisters, die, ähnlich wie das durch die Operation lädierte Auge meiner Mutter, dessen Sehnerv der Chirurg mit dem Skalpell verletzt hatte, durch die äußere Hülle hindurch auf den Grund meiner Seele schauten.

DER FREUND MEINES VATERS

Die Sache mit Dr. Nüsslein war die: Nein, ich fange am Ende an, in Bad Honnef, Am Spitzenbach 2, ein Luxusaltersheim, wo ich im Februar 1998, fast auf den Tag genau fünf Jahre vor seinem Tod, mit Dr. Nüsslein verabredet bin. Dr. Nüsslein erwartet mich in der Lobby des Altersheims, Eingangsbereich ist das bessere Wort dafür, nein, so war es nicht, die Dame in der Portierloge, eine Norne mit Strickstrumpf, teilte ihm übers Haustelefon mit, es sei Besuch für ihn da: »Dr. Nüsslein, Sie haben Besuch.« Drei Minuten später trat Dr. Nüsslein aus dem Aufzug, dessen Tür sich lautlos hinter ihm schloss, er sah genauso aus, wie ich ihn in Erinnerung behalten hatte: Groß hager kahlköpfig glattrasiert, ein soignierter Herr wie mein Vater, Diplomat vom Scheitel bis zur Sohle, gepflegte Erscheinung mit blankgeputzten Schuhen und akkurat gezogenem Scheitel, also doch nicht kahlköpfig, aber groß, noch größer, als er mir in der Kindheit erschienen war, als sei er weiter gewachsen im Alter und nicht geschrumpft, ein neunzigjähriger Greis, der mich zu Schwarzwälder Kirschtorte einlud, vielleicht war es auch Nusstorte oder Käsekuchen, Sachertorte womöglich, die auch Herrentorte heißt, eine Erinnerung an Wien und Prag, Wiener Prater und Prager

Burg, damit bin ich beim Thema, in Seniorenheimen gibt es den besten Kuchen, zwei Stücke pro Insasse pro Tag, um die Senioren bei Laune zu halten, deren Kreislauf, nein Stoffwechsel schnell unterzuckert ist, auch Besuchern steht Kuchen zu, Dr. Nüsslein ist voll des Lobes für meinen Vater, ein preußischer Beamter, wie er im Buche steht, zuverlässig, verschwiegen, diskret, immer korrekt gekleidet und sauber rasiert, ohne aufdringliches Parfüm oder Rasierwasser wie die männliche Jugend heute, die penetrante Duftmarken hinterlässt, Geruchs- und Geräuschbelästigung beim Betreten von Kaufhäusern und Supermärkten, dazu die ständige Berieselung aus Lautsprechern, die elektromagnetische Wellen aussenden, vorgefertigte Tonkonserven statt richtiger Musik, gesundheitsschädliche Diskos, übersteuerte Bässe schädigen das Trommelfell ...

Dagegen Ihr Herr Vater, sagt Dr. Nüsslein, während er mich vom Aufzug zu seinem Apartment geleitet, seinem Reich, wie er sagt, Biedermeiermöbel aus der Junggesellenwohnung in Bad Godesberg, gedeckter Kaffeetisch mit Meißner Porzellan, blauweißes Zwiebelmuster, silberne Zuckerdose, Milchgießer. Ihr Herr Vater, sagt Dr. Nüsslein, war in jeder Hinsicht korrekt, politisch und juristisch korrekt, dabei hochgebildet und musikalisch begabt, begnadeter Klavierspieler Bach Beethoven Mozart Schubert, manchmal auch vierhändig mit Calaforra, Castros Botschafter in Kopenhagen, aber davon weiß Dr. Nüsslein nichts, dessen Blitzkarriere als Protégé von Heydrich auf der Prager Burg begann, im Reichsprotektorat Böhmen und Mähren, wie es damals hieß, am laufenden Band Todesurteile unterschrieben und Gnadengesuche abgelehnt, er hatte keine Wahl, wird er meinem Vater erklärt haben bei einem Glas Wein, Rheingauer Riesling, Eiswein oder Spätlese, nein, Dr. Nüsslein trank lieber Bier, er schenkte meiner Mutter eine Kiste Bier zu Weihnachten, kein Urquell aus Pilsen, das unangenehme Erinnerungen weckte, sondern Einbecker oder Andechser Bock, was meiner Mutter missfiel, Dr. Nüsslein soll sich das Bockbier an den Hut stecken, einer Dame schenkt man kein Bier ...

Geflohen im April 1945, rechtzeitig nach Westen abgesetzt vor der anrückenden Roten Armee, im Kreuzfeuer von Partisanen, die losballerten ohne Rücksicht auf Haager Kriegsordnung, jetzt kamen sie aus ihren Löchern, nachdem sie jahrelang pariert und feige gekuscht hatten, amerikanische Kriegsgefangenschaft in Bayern, von Militärpolizei verhört und nach Feststellung seiner Identität nach Prag überstellt, Auslieferungsgesuch stattgegeben trotz beginnendem Kalten Krieg, wir haben das falsche Schwein geschlachtet, soll Roosevelt gesagt haben, oder war es Truman, nein, Eisenhower, nein, Churchill ...

Dr. Franz Nüsslein wegen Kriegsverbrechen zu Zwangsarbeit verurteilt, musste Kartoffeln sortieren im Kartoffelkeller, vielleicht war es auch ein Lebens-

mitteldepot, ein Großmarkt oder eine Produktions-
genossenschaft, die großen ins Töpfchen die kleinen
ins Kröpfchen, Entscheidungsschwäche beim Anblick mittelgroßer Kartoffeln, Versagen wegen über-
großer Verantwortung, Todesurteile gingen ihm
leichter von der Hand als Kartoffeln, kein Wunder
bei einem Volljuristen, der nie mit den Händen ge-
arbeitet, aber für seine Vergehen oder Verbrechen,
wenn es denn welche waren, mehr als genug gebüßt
hatte, als er 1955 nicht begnadigt und amnestiert,
sondern von einem Tag auf den andern entlassen
und nach Westdeutschland abgeschoben wurde.
Dort Eintritt ins Auswärtige Amt, Personalabteilung, wo Dr. Nüsslein meinem Vater begegnete, der,
obwohl selbst kein Nazi, mildernde Umstände gelten ließ bei der Beurteilung seines Kollegen, der später zum Freund wurde, kriegsbedingte Gewalt als
Rechtfertigung, die vieles abdeckt und erklärt, nicht
verzeihlich, aber doch verständlich macht: Vergeben
ja, vergessen nein. Oder ist es die Mitgliedschaft in
der katholischen Studentenverbindung *Rhenania*,
der auch Adenauer angehört hatte, die Nüssleins
Nachkriegskarriere erklärt, den Aufstieg zum Generalkonsul in Barcelona, Franco-Spanien, von dort
keine weitere Beförderung wegen Altlasten aus der
NS-Zeit, in der braungetäfelten – nein, braun ge-
täfelten Kanzlei hast du ihn besucht unterwegs
nach Ibiza, das muss 1964 gewesen sein, ein oder
zwei Jahre vor seiner Versetzung in den vorzeitigen
Ruhestand.

Im Frühjahr 2005, drei Jahre nach seinem Tod in Bad Homburg, meldet die verdrängte Vergangenheit sich zurück: Ab sofort gibt es keine Nachrufe mehr im internen Mitteilungsblatt, der Hauszeitschrift des Auswärtigen Amts, keine ehrenden Nachrufe mehr für Naziverbrecher und eingeschriebene Mitglieder der NSDAP, verfügt Joschka Fischer und bezieht sich dabei ausdrücklich auf den Fall des wegen Kriegsverbrechen verurteilten Dr. Franz Nüsslein, der nach der Rückkehr aus tschechoslowakischer Haft 1955 Karriere machte in der Personalabteilung des Auswärtigen Amts, eine gebremste Karriere, die mit der Ernennung zum Generalkonsul in Barcelona endete, Spanien diente damals, ähnlich wie arabische Staaten und die diktatorisch regierten Länder Lateinamerikas, als Zwischenlager für Diplomaten mit NS-Vergangenheit. Die DDR-Propaganda behauptete, das AA sei ein Hort für Ex-Nazis und Alt-Nazis und verschwieg dabei, dass Parteigenossen der ersten Stunde, sofern sie rechtzeitig ihr Parteibuch gewechselt hatten, auch unter Ulbricht Karriere machten wie Generalstaatsanwalt Melsheimer, ehemals Freislers rechte Hand, der später Hilde Benjamin zuarbeitete, im Volksmund Rote Hilde genannt.

Joschka Fischer hatte die Faxen dicke und entschied: Schluss mit der gängigen Nachrufpraxis, nicht nur keine ehrenden, überhaupt keine Nachrufe mehr im Amtsblatt des AA, dessen Spitzendiplomaten geharnischte Proteste nach Berlin schickten und dem

Bundesaußenminister mangelndes Fingerspitzengefühl vorwarfen, undiplomatisches Vorgehen und
postume Diffamierung geschätzter Kollegen, die in
soundsoviel Dienstjahren ihre Loyalität und demokratische Gesinnung unter Beweis gestellt hätten.

Alle in einem Aufwasch in den Orkus gestürzt und
zu kollektivem Vergessen verdammt: Nicht gedacht
soll ihrer werden wegen politischer Verfehlungen,
Jugendsünden vielleicht, die nur aus dem Kontext
der damaligen Zeit heraus angemessen be- und verurteilt werden konnten, Deutschlands Geschichte
zu Unrecht aufs Dritte Reich reduziert, zwölf dunkle
Jahre, tragische Verstrickung, und was ist mit der
Zeit danach? Auferstehung aus Ruinen, Rückkehr
zur Normalität nach dem Zusammenbruch, Wiederaufbau und Wirtschaftswunder, gelungene Eingliederung in demokratische Völkerfamilie, Nato,
Europarat, Aussöhnung mit Erbfeind Frankreich,
Freundschaft mit Vereinigten Staaten und, man
höre und staune: Israel, Adenauer in Paris Moskau
Washington Tel Aviv, keine Bruderküsse, dafür herzlicher Händedruck mit De Gaulle Dulles Kennedy
Chruschtschow Ben Gurion, diskret eingefädelt und
angebahnt von Profis auf internationalem Parkett,
Bonner Diplomaten, die besser waren als ihr Ruf in
der Eiszeit des Kalten Kriegs – ist das nichts und
zählt all das nicht mehr?

Trotzdem bleibt etwas unter dem Strich, eine unbeantwortete Frage, ein unerklärter Rest: Wie kommt es, dass ausgerechnet mein Vater, ältester Sohn eines Apothekers aus dem Odenwald und einer kreolischen Mutter, die außer *Schwein* und *Kartoffeln* kein Deutsch verstand, Mulattin aus Haitis traditioneller Oberschicht, wie kommt es, dass ausgerechnet Du, Papa, der Schwierigkeiten hatte, den Arier-Nachweis zu erbringen und schon deshalb die Nazis nicht mochte, promovierter Jurist mit jüdischem Doktorvater, in Haiti aufgewachsen, der in London und Genf studiert hatte und fließend englisch und französisch sprach, wie kommt es, dass ausgerechnet Du mit Dr. Nüsslein befreundet warst, der nicht nur kommunistische Partisanen, sondern auch untergetauchte Juden und Tschechen, die Juden halfen oder bei sich versteckten, sich in Jüdinnen verliebten oder Mitleid hatten mit jüdischen Kindern, allen Gnadengesuchen zum Trotz hinrichten ließ durch Enthaupten, Erschießen oder Strang – erklär mir, Papa, warum Dr. Nüsslein, der seine Taten, soviel ich weiß, nie bereut hat, weil er glaubte, genug oder zu viel gelitten zu haben beim Kartoffelschälen in tschechischer Gefangenschaft, wie kommt es, dass Dr. Nüsslein nicht bloß ein geschätzter Kollege war, sondern ein Freund, mit dem du in den Herbstferien durch die Eifel gewandert bist: Sag was, erklär mir das, bitte!

Oder ist der nachgetragene Antifaschismus, das Herumtrampeln auf dem Fell des toten Tigers, von dem keine Gefahr mehr ausgeht, ist diese Art von Gratismut nicht genauso peinlich wie sein Gegenteil, das Wegschauen Schönreden Ignorieren Relativieren

Beschwichtigen Beschweigen oder Verschweigen eines Menschheitsverbrechens, auch wenn dieses zum Zeitpunkt seiner Begehung nicht gegen kodifiziertes Recht verstieß? Einen Hund, der ins Wasser gefallen ist, schlägt man nicht, sagt ein chinesisches Sprichwort, aber Lu Hsün war nicht einverstanden und schrieb, Hunde, die ins Wasser gefallen seien, dürfe, solle und müsse man schlagen, besonders wenn es sich um Bulldoggen oder Pekinesen handele, die vor den Mächtigen kuschen und die Machtlosen in die Waden beißen, denn der Fall ins Wasser sei keine Taufe, nach der ein bissiger Hund seine Sünden bereut.

Aber ich habe mich vom Ausgangspunkt dieser Überlegungen entfernt, von der Frage nämlich, ob das Vergeben, das nicht mit Vergessen zu verwechseln ist, nicht politisch klüger, menschlich weiser und moralisch integrer ist als ein politisch-korrektes Pharisäertum, das post festum, mit dem Wissen der Nachgeborenen, seine Verdammungsurteile fällt und Balken nur in den Augen der anderen sieht? Lieber Gott, ich danke dir, dass ich nicht so bin wie dieser da. Demnach wäre die Freundschaft meines Vaters mit Dr. Nüsslein ein Akt der Gnade gewesen, ein Beispiel christlicher Demut und Verzeihung gegenüber einem Sünder, der Schuld auf sich geladen, unschuldiges Blut vergossen und gegen Gottes Gebote ebenso verstoßen hatte wie gegen den kategorischen Imperativ: Handle stets so, dass ...

Aber auch das stimmt nicht, denn mein Vater kannte zwar Kants Philosophie – kurz vor seinem Tod büffelte er noch die Kritik der reinen Vernunft – war aber kein gläubiger Christ, obwohl er die Vulgata auf Lateinisch und das Neue Testament auf Griechisch las – bis zu der Stelle, wo Jesus seinen Jüngern erscheint, Pfingstwunder, Auferstehung von den Toten, Himmelfahrt: Bis hierhin und nicht weiter, sagte er, das sei eine Zumutung für den gesunden Menschenverstand.

Dr. Nüsslein dagegen ein gläubiger Katholik, der sonntags zur Messe ging und keine Gewissensbisse hatte, während er Gnadengesuche verwarf und Todesurteile unterschrieb. Trotzdem scheint er die Freundschaft mit meinem Vater, der nicht jubeln konnte oder wollte über Hitlers Blitzsiege in Polen Frankreich Norwegen Griechenland und Schmerz und Scham verspürte beim Anblick von Häftlingen in gestreiften Pyjamas, Juden mit gelbem Stern: Trotzdem oder gerade deshalb scheint Dr. Nüsslein die Haltung meines Vaters als nachträgliche Absolution empfunden zu haben, als modernen Ablasshandel und Freisprechung von den Sünden der NS-Vergangenheit, während er mir, dem Sohn seines verstorbenen Freundes, zum Abschied die Hand drückte, so lange und fest, dass mir die Finger weh taten, um mir zu danken für das Geschenk dieser Freundschaft, die ohne mich, gegen mich zustande gekommen war.

»Ihr Vater war ein anständiger Mensch«, sagte Dr. Nüsslein und schaute mit wasserblauen Augen durch mich hindurch auf die rauchenden Ruinen des Tausendjährigen Reichs, Galgen, Guillotinen, Gaskammern, elektrisch geladenen Stacheldraht, schwelende Kohlehalden und im Frost dampfende Kartoffelberge, die abgetragen werden mussten, die großen ins Töpfchen, die kleinen ins Kröpfchen, eine schwere Aufgabe für einen Volljuristen, der nie …

Die Trümmerfrauen hatte er noch arbeiten gesehen, als er, heimgekehrt ins Reich, die Uniform an den Nagel hing und gegen Zivilkleider vertauschte, ehe die Amis ihn nach Prag überstellten, zwei Jahre Untersuchungshaft, dann acht Jahre Lager und Gefängnis in Häftlingsklamotten, die nicht viel besser waren als gestreifte Pyjamas mit rotem Dreieck rosa Winkel gelbem Stern, und als er 1955 zurückkehrte ins Wirtschaftswunderland, war der Wiederaufbau vollendet, alte Nazis wieder in Amt und Würden und Ostflüchtlinge integriert, obwohl im Rundfunk noch täglich die Namen Gefallener und Vermisster verlesen wurden, aber Deutschland war wieder wer, dank Volkswagen Mercedes Neckermann Bluejeans und Pettycoats, dank Vollbeschäftigung Westbindung Hallstein-Doktrin Hula-Hoop-Reifen und sozialer Marktwirtschaft, und die Gründung der Bundeswehr war beschlossene Sache trotz östlicher Störmanöver Berlin-Blockade, Stalin-Note und Mauerbau.

All das zählte nicht mehr, während ich die Straße überquerte, ins Auto stieg und aus Dr. Nüssleins Blickfeld verschwand, all das zählte nicht mehr, war bedeutungslos gegenüber dem, was jetzt vor ihm lag, eine Grabplatte aus grauem Granit, ein furnierter Eichensarg und ein ehrender Nachruf im Mitteilungsblatt des Auswärtigen Amts, vielleicht oder vielleicht auch nicht.

ERZIEHUNG DURCH TANTEN

1

Es muss Anfang der achtziger Jahre gewesen sein, 1981 vielleicht, ein Jahr vor ihrem Tod, der mit dem 150. Todestag Goethes zusammenfiel, von dem sie *Willkommen und Abschied* auswendig konnte, ein fernes Echo ihrer Schulzeit bei den Ursulinerinnen in Bonn, als ich, aus Westberlin kommend, in Wetzlar aus dem Auto stieg, damals fuhr ich einen Volvo, dunkelgrün mit beigen Ledersitzen, im Wendehammer parkte und an der Tür des Reihenhauses Landhege 57 klingelte. *Mosler* stand auf dem Messingschild, nicht Alfred und auch nicht Aenne Mosler, geborene Monreal, und als Tanti die Tür öffnete in dem geblümten Kleid, das sie in meiner Erinnerung trägt, ist ihr Gesicht von Tränen überströmt. So hatte ich sie noch nie gesehen: Meist stand sie gerade aus dem Fernsehsessel auf, denn trotz ihres hohen Alters war sie gelenkig wie ein Backfisch, so nannte man die Schulmädchen vor dem Ersten Weltkrieg, und begrüßte mich auf der Türschwelle, während aus dem Wohnzimmer die Stimme eines Quizmasters drang, Hans-Joachim Kulenkampff vielleicht oder Peter Frankenfeld, Tanti trat aus der Küche, eine Tasse mit Leinsamen in der Hand, den sie versehentlich im Flur verstreute oder auf dem falschen Perser im Wohnzimmer, wie im Märchen von Hänsel und Gretel waren ihre Wege durchs Haus mit Körnern markiert, die die Putzfrau mit dem Staubsauger beseitigte, Leinsamen, den Tante Mosler regelmäßig einnahm für ihre Verdauung, nachdem sie ihn in warmem Wasser hatte quellen oder keimen lassen. Diesmal aber war alles anders, ihr Gesicht war verweint, und als ich wissen wollte, was passiert sei, warum weinst du, Tanti, tupfte sie mit dem Küchenhandtuch die Tränen von ihren Wangen und sagte mit erstickter Stimme, sie habe soeben die Briefe ihres Verlobten Franz wieder gelesen, die dieser ihr im Ersten Weltkrieg zuerst aus Frankreich, später von der Ostfront, aus Galizien genauer gesagt, das damals zu Österreich gehörte, geschrieben hatte, ehe er bei einem Kosakenüberfall ums Leben kam, obwohl doch das Sanitätszelt, in dem er sich befand, mit Rotem Kreuz gekennzeichnet war – ein Feldlazarett in den Karpaten, wo Franz Granatsplitter entfernte und Verwundeten ohne Narkose Arme und Beine amputierte, bevor die tödliche Kugel seine Stirn durchschlug. Für Vaterland und Kaiser, hatte Tanti bitter lächelnd gesagt, auf dem Felde der Ehre gefallen: Mit diesen Worten hatte die Oberste Heeresleitung sie vom Heldentod ihres Verlobten in Kenntnis gesetzt, der als Medizinstudent in Bonn und Mitglied des Korps *Rhenania* Aenne Monreal kennen und lieben gelernt hatte, die wie er von der Mosel stammte. Franz war Oberstabsarzt gewesen, bei Kriegsausbruch im Sommer 1914 meldete er sich voll patriotischer Begeisterung zum Heer zurück, in dem er als Einjährig-Freiwilliger gedient hatte, und auf der Rheinbrücke von Deutz nach Köln, die heute noch Hohenzollernbrücke heißt, nahmen sie Abschied voneinander mit Blick auf den Kölner Dom, von Eichenlaub umkränzt zogen die jungen Helden in den Krieg, und mit Sondergenehmigung der Heeresleitung durften Bräute, Ehefrauen und Mütter sie vom Kölner Hauptbahnhof nach Aachen begleiten, ein Triumphzug durch ein Spalier jubelnder Menschen, die Panamahüte Schülermützen schwarzweißrote Fahnen schwenkten und fröhlich winkende Reservisten mit Blumengirlanden bewarfen – er hat mich geliebt und ich habe ihn geliebt, hat Tanti später gesagt: Franz war die Liebe meines Lebens.

Und was war mit Alfred, dem Bruder von Franz?

Ich hatte Mitleid mit ihm, als er hirnverletzt aus dem Krieg nach Hause kam, aber es war keine Liebesheirat – eine Vernunftehe!

2

Dies ist mein dritter Versuch, über Tante Mosler zu schreiben, die ich Tanti nannte, obwohl sie genau genommen keine Tante war, sondern eine Nachbarin, die mich in der sogenannten schlechten Zeit, Ende der vierziger Jahre, als meine Mutter ihr vier-

tes Kind erwartete, stellvertretend bemuttert hat –
Nenntante ist das passende Wort dafür. In Wetzlar,
Helgebachstraße 32, wohnten Moslers in der Etage
über uns, und in frühen Kindheitserinnerungen
krabble ich auf allen vieren die Treppe hoch und
schürfe mir am Raufaserläufer aus Sisal die Knie
auf, bevor ich die Klingel ziehe oder an die Tür klopfe.
Tanti sagte Hänschen zu mir wie im Märchen von
Hänsel und Gretel, und obwohl sie noch keine fünfzig war, kam sie mir uralt, nein: alterslos vor, eine
Hexe, die ich nicht hässlich fand, sondern schön,
obwohl oder weil an ihrer Nase ein Tropfen zitterte, wenn sie sich niederbeugte, um mir Zartbitter-
schokolade in den Mund zu stecken, die ich nicht
mochte, aber trotzdem aß. Später trat Butterkrem-
torte an die Stelle der Schokolade, mit der Tante
Mosler mich in ihr Knusperhaus lockte, Schwarzwälder Kirsch oder Nusstorte, Hänschen, es gibt
Torte, rief Tante Mosler mir vom Balkon aus zu,
während ich mit meinem Freund Jochzer auf einer
Astgabel der Birke saß, die wir mit einem kompli-
zierten System von Drahtschlingen gerade zu biegen
versuchten, wir waren unzertrennlich wie die aus
einer Wurzel sprießenden Stämme der Birke, die
trotz unserer Bemühungen auseinanderstrebten,
Jochzer, der mit richtigem Namen Joachim von
Kronhelm hieß, war mein bester Freund, mit dem
ich als Kind und später in den Ferien spielte, bis der
Ruf: *Hänschen, es gibt Torte!* mich zur Kaffeetafel rief,
bei der Jochzer nicht willkommen war, im Gegenteil,
Jochzer wird Zimmermann oder Maurer von Beruf,

pflegte Tante Mosler zu sagen, und du, Hänschen, wirst einmal Chefarzt oder Professor.

Mein erster Schreibversuch zum Thema Tanti – oder war es der zweite? – geht zurück auf den Sommer 1968, als ich zusammen mit Nicolas Born, dem früh verstorbenen Freund, Tante Mosler besuchte mit einem Gedicht im Gepäck, das die Autobahnfahrt von Berlin nach Wetzlar schilderte:

Es ist ungesund, Wurst in den Kühlschrank zu legen raus zu tun und dann wieder rein, sagt Aenne Mosler, geb. Monreal, 633 Wetzlar, Landhege 57 und Rudolf Schock fragt: Sind Sie ein gemütstiefer Mensch: Bemitleiden Sie hungernde farbige Völker? Empfinden Sie Wehmut, wenn ein Leichenwagen an Ihnen vorbeifährt, auch wenn der Tote im Sarg nicht zu Ihrem Bekanntenkreis gehört?

Mein zweiter Versuch, über Tante Mosler zu schreiben, die, was ich damals noch nicht wusste, für mich ein Mutterersatz oder eine Ersatzmutter war, begann nach ihrem Tod: Ich zog mich in ein niedersächsisches Fachwerkhaus zurück, das ich mit dem von Tanti geerbten Geld gekauft hatte, um ein Buch über sie zu schreiben, doch die als Motto gewählten Verse, die ich dem Romanentwurf voranstellte, waren so eloquent, dass mir nichts mehr dazu einfiel, denn in dem Zitat von Baudelaire war alles gesagt: »Avez-vous observé que maints cercueils de vieilles / Sont presque aussi petits que celui d'un enfant?«

Nahm man die vorhergehenden Zeilen hinzu, musste man die Waffen strecken, denn Baudelaire hatte all das ausgedrückt, was ich zu dem Thema zu sagen hatte: »Ils ont les yeux divins de la petite fille / Qui s'étonne et qui rit à tout ce qui reluit.«

Der dritte Anlauf versprach mehr Erfolg, als ich mich endlich auf das besann, was ich selbst gesehen und erlebt hatte und was kein anderer, sei er noch so genial, zum Ausdruck bringen kann, obwohl oder weil die Darstellung des eigenen Lebens schwieriger ist als die Orientierung an einem literarischen Vorbild. Aber das ist nur die halbe Wahrheit, denn als ich den Kölner Dom und die Hohenzollernbrücke erwähnte, stand mir ein Gedicht vor Augen, das die Eisenbahnbrücke, damals ein Wunderwerk modernster Technik, schildert und aus dem Jahr stammt, als Aenne Monreal von ihrem Verlobten Abschied nahm. Dies ist das letzte Gedicht von Ernst Stadler, der, von einer britischen Granate getroffen, sechs Monate nach dem Tod von Franz Mosler an der Westfront fiel:

Der Schnellzug tastet sich und stößt die Dunkelheit entlang.
Kein Stern will vor. Die ganze Welt ist nur ein enger, nachtumschienter Minengang,
Darein zuweilen Förderstellen blauen Lichtes jähe Horizonte reißen: Feuerkreis
Von Kugellampen, Dächern, Schloten, dampfend, strömend nur sekundenweis

Und wieder alles schwarz. Als führen wir ins Ein-
geweid der Nacht zur Schicht.
(...) Zur Wollust. Zum Gebet. Zum Meer. Zum Untergang.

Was für prophetische Verse! Und doch war Ernst
Stadler nur einer aus einer Plejade frühvollendeter
Dichter und Maler, die in den Schützengräben des
Ersten Weltkriegs verbluteten – es genügt, stellvertre-
tend für viele, Franz Marc zu nennen.

Der Hinweis steht hier nicht von ungefähr, denn
anders als sein Bruder Alfred, der amusisch war, be-
geisterte Franz Mosler sich für Kunst und Literatur
und schenkte seiner Braut Bücher, die sie später an
mich weitergab, in Leder gebundene Inselausgaben
von Heines *Buch der Lieder* und Rilkes *Malte Laurids
Brigge*, dazu zum Repertoire der Jahrhundertwende
gehörende Werke von Ibsen, Huysmans und Maeter-
linck. Franz war ein lesender Arzt, ein geistig auf-
geschlossener Mediziner, den japanische Farbholz-
schnitte ebenso faszinierten wie die damals noch
umstrittene Kunst von Picasso und Braque, August
Macke und Franz Marc, deren Gemälde er mit seiner
Braut in der Ausstellung des Kölner Sonderbunds
bewunderte. Sein Bruder Alfred war einfacher ge-
strickt, ein schlichtes Gemüt, das die Übertragung
der Mainzer Fastnacht oder des Kölner Rosenmon-
tagszugs im Fernsehen genoss, dazu *Willy Millowitsch*
und *Familie Hesselbach*, nicht zu vergessen die Krö-
nung von Königin Elizabeth oder die Neujahrs-

ansprache des Bundespräsidenten Heuss. Das war in den fünfziger Jahren, Onki war einer der Ersten, der im Zuge des Wirtschaftswunders einen Fernseher und einen *Opel Rekord* erwarb, schon vor dem Krieg hatte er ein Auto besessen, *Opel Admiral* hieß der Wagen, den die Wehrmacht konfisziert hatte. Alfred Mosler stammte aus einer wohlhabenden Koblenzer Familie, und als er hirnverletzt, mit einem Schrapnell im Kopf, von der Westfront nach Hause kam, teilte die Reichsregierung, die ständig pleite war, ihm und anderen Kriegsversehrten Einnahmestellen der staatlichen Lotterie zu, ein lukratives Geschäft, um das man ihn beneidete, denn die hessische Klassenlotterie ernährte ihren Mann. Herr Mosler verdiente gut, doch die Hirnverletzung forderte ihren Preis, und wenn er nach Feierabend die Toto- und Lottoscheine zählte und Unregelmäßigkeiten entdeckte in einer der Zahlenkolonnen, schwoll die Haut über der Delle an seinem Hinterkopf, wo der Schädelknochen fehlte, wie ein Luftballon, und er ließ seinen Zorn an der Kassiererin aus oder beschimpfte seine Frau. Mich verschonte er mit seinen Wutanfällen, und als sein Nachbar sich beschwerte, weil ich auf der frisch zementierten Kellertreppe Fußabdrücke hinterlassen hatte, lächelte Onki nachsichtig und murmelte eine Allerweltsweisheit, die er bei jeder passenden oder unpassenden Gelegenheit von sich gab: »Ehrlich währt am längsten« oder »Was du nicht willst, das man dir tu, das füg auch keinem andern zu«.

3

Ich sitze am Computer unter weiß gestrichenen Deckenbalken, ein Wintersturm pfeift ums Haus, schnell ziehende Wolken, aus denen Hagelkörner gegen die Fensterscheibe prasseln, Holzscheite knacken im Kachelofen, der wohlige Wärme verbreitet, und vor mir auf dem Tisch liegt die blecherne Erkennungsmarke des Assistenzarztes Franz Mosler, die zusammen mit der Todesnachricht und einer Urkunde den trauernden Hinterbliebenen zugestellt wurde, nicht der Braut, wie ich irrtümlich annahm, sondern der Mutter des Gefallenen. *Gedenkblatt* steht über der mit Tinte und Feder geschriebenen Adresse auf der braunen Papprolle, die genauso aussieht wie die Behälter, mit denen man heutzutage Poster und Plakate verschickt: Gedenkblatt für die Angehörigen des Ass. Arztes Franz Mosler, zu behändigen (sic) an Frau Gertr. Mosler geb. Kuhn, Wohnort Coblenz, Schenkendorfstr. 18. Von der Schenkendorfstraße war häufig die Rede in Tantis Erzählungen, denn Onki, den sie geheiratet hatte, weil er sie an seinen Bruder Franz erinnerte, hatte das Haus in der Schenkendorfstraße von seiner Mutter geerbt und besserte mit Mieteinnahmen sein Gehalt auf. *Gedenkblatt* steht auf der Urkunde mit dem Wasserzeichen *Gebr. Ebart Spechthausen* und dem in Fraktur gesetzten Text: »In den Kämpfen für die Verteidigung des deutschen Vaterlandes hat auch ein teures Glied Ihrer Familie den Heldentod erlitten. Zum Gedächtnis des auf dem Felde der Ehre Gefallenen haben Seine Majestät der Kaiser in herzlicher Teilnahme an dem schweren Verlust und in Anerkennung der von dem Verewigten erwiesenen Pflichttreue bis zum Tode Ihnen das beifolgende Gedenkblatt verliehen, das als ein Erinnerungszeichen an den unauslöschlichen Dank des Vaterlandes in Ihrer Familie dauernd bewahrt werden möge. Großes Hauptquartier, den 1. April 1916. *Der Kriegsminister.*«

Auf dem dazugehörigen Farbposter beugt sich ein blonder Engel mit langem, fließendem Gewand über einen gefallenen Soldaten, der zu schlafen, nicht zu sterben scheint. Seine rechte Hand liegt auf der Brust, die linke tastet nach dem am Boden liegenden Gewehr, und die Pickelhaube ist vom Kopf abgeglitten, dessen bleiche Stirn der Engel mit Eichenlaub schmückt. Das von E. Doepler d. J. gemalte Bild steht unter einem aus dem Neuen Testament entlehnten Motto: »Wir sollen auch unser Leben für die Brüder lassen«, 1. Joh. 3, 16, dazu die Bildunterschrift: »Zum Gedächtnis des Assistenz-Arztes Franz Mosler im Res. Inf. Regt. 64. Er starb fürs Vaterland am 12. Juni 1915 – *Wilhelm Rex.*«

Ich habe vergessen, auf welchem Weg die Hinterlassenschaft des im Ersten Weltkrieg gefallenen Arztes in meinen Besitz gelangt ist, weiß nur noch, dass die Todesnachricht, deren Unwiderruflichkeit in schwer erträglichem Kontrast steht zu ihrer kitschigen Aufmachung, Tanti am härtesten traf: Sie verweigerte die Nahrung, und als sie Wochen später wieder zu essen begann, war Aenne Monreal nur noch ein Schatten ihrer selbst, eine alte Jungfer und Vegetarierin, die bis zu ihrem Lebensende Fleischspeisen mied und ihren Kalorienbedarf mit Quark, Kaffee und Kuchen stillte.

4

Ich weiß nicht, wie Franz Mosler aussah, welche Augen- und Haarfarbe er hatte und ob er, der wilhelminischen Mode entsprechend, einen Schnurrbart trug. Sein Bruder Alfred hatte in den zwanziger Jahren einen Schnauzer genannten Oberlippenbart, der an den jungen Hitler erinnerte, aber er trat erst 1939 der NSDAP bei – aus Opportunismus, wie es damals gang und gäbe war. Alfred Mosler war kein überzeugter Nazi, er trug das Parteiabzeichen auf der Innenseite seines Revers, das er bei Bedarf aufklappte, und wie viele Deutsche lästerte er hinter vorgehaltener Hand über die neuen Machthaber, den dicken Göring, den Giftzwerg Goebbels und den Gefreiten aus Braunau, der im Schnellverfahren eingedeutscht worden war. Nach dem Krieg aber klagte er wortreich über das empörende Unrecht, das Deutschland von den Alliierten angetan worden sei, vom Iwan, der als Kollektivwesen galt und nur »der Russe« hieß, vom Tommy und von den Franzosen, mit denen er schon im Ersten Weltkrieg schlechte Erfahrungen gemacht hatte. Die Amerikaner bildeten eine Ausnahme, aber sie hatten »das falsche Schwein geschlachtet«. Ich weiß nicht, was Onki wirklich dachte, woran er glaubte und was für politische Überzeugungen er hatte, vermutlich gar keine, denn er war kein Intellektueller wie sein Bruder Franz, sondern ein Buchhalter und Lotterieeinnehmer, aber ich habe ihn geliebt, weil er mir Süßigkeiten schenkte und immer gut zu mir war. Onki, wo bist du? Ich sehe ihn noch vor mir in seinem weit geschnittenen Anzug mit grauem Hut, unter dem sein kahler Schädel mit der Delle zum Vorschein kommt, wenn er den Hut zieht, um Nachbarn oder Bekannte zu grüßen, ich sehe ihn vor mir mit seinem Spazierstock, einen mit einem Gummipfropfen abgefederten Bambusstock, auf den er sich beim Gehen stützt und mit dem er aggressiven Jugendlichen droht, die Halbstarke heißen, ich sehe ihn vor mir, wie er das Büro der Lotterieeinnahme in der Langgasse schließt und in den Opel Rekord steigt, *Frau am Steuer*, ruft Onki kopfschüttelnd, wenn ein von einer Blondine gesteuerter Sportwagen oder ein VW-Cabrio ihn überholt, die Hexe wäre besser zu Hause geblieben, oder er preist, tief ein- und ausatmend, die Vorzüge des deutschen Waldes, die frische Luft, die würzig duftenden Tannen und das goldgelb geflammte Laub, mit den Worten, es gebe herrliche Naturschönheiten auf der Welt, aber die Gletscher des Nanga Parbat oder des Mount Everest seien nichts im Vergleich zum Taunus oder zum Westerwald.

NACHSCHRIFT

In den Träumen der Nacht versammeln sich meine
Vorfahren um mein Bett. Der Mann mit dem Chap-
lin-Bärtchen, das auf Hitler verweist, ist mein Vater;
er trägt ein goldenes Buch unter dem Arm, voll-
gekritzelt mit unleserlichen Schriftzeichen: Hier haben unsere Urahnen sich verewigt, angefangen bei
Johann Christoph Ambuch, dem Mainschiffer aus
dem 14. Jahrhundert, auf den die Buchs angeblich
zurückgehen. Neben das Familienwappen, einen auf
einen Anker gestützten Mann, bei dem es sich um
den heiligen Christophorus handeln soll, der das
unter einer Buche wartende Jesuskind ans jenseitige
Ufer übersetzt, hat er ein Andreaskreuz gemalt, weil
er weder lesen noch schreiben kann. Und weiter über
die schwäbischen Dichter, von denen meine Mutter
abzustammen behauptet, Mörike und Hauff, bis
zu meiner Cousine Eva, die mit sechzehn bei einem
Reitunfall starb. Hinter meinem Vater ist meine
Mutter zu sehen im wallenden Gewand, auf einem
Esel reitend wie Maria auf der Flucht nach Ägypten,
die Stirn mit einem Aschekreuz markiert zum Zeichen übermäßiger Hausarbeit, über die sie ihr Leben
lang klagt, Palmwedel in Händen, über deren Bedeutung ich mir nicht im Klaren bin, vielleicht will
sie mich versöhnlich stimmen, weil sie meine *Illu-*

strierten Klassiker der Putzfrau geschenkt hat. Auf ihrem Schoß sitzt mein ältester Bruder, von Beruf Diplomingenieur, mit einem Heiligenschein wie Jesus; er hält meine Schwester im Arm, die eine Babyrassel schwingt und die Luft mit geräuschlosem Lärm erfüllt. Im Hintergrund gleitet mein Großvater Gustav Simon auf Schlittschuhen vorbei, mit im Wind wehendem Schal wie auf an den Rändern gezackten Schwarzweißfotos aus Bad Reichenhall, und winkt mir zu; meine Großmutter Luce Laraque fährt im Rollstuhl einen Berghang hinauf, vorwärts geschoben von zwei Negersklaven, denen sie *Allez!* zuruft, weil man in Haiti französisch spricht. Dann rückt die Phalanx meiner Onkel und Tanten vor, mit eingehängten Armen, in Abendkleidern und Fräcken, mit Orden und Juwelen geschmückt, und singt, im Marschtritt auf mich zuschreitend, ein Spottlied aus meiner Kinderzeit: *Alle Möpse beißen / alle Möpse beißen / nur der kleine Rollmops nicht*. Als Letzte erscheinen die alten Moslers, die ich Onki und Tanti nenne, obwohl sie nicht verwandt mit mir sind, Arm in Arm mit Hut und Mantel, Spazierstock und Regenschirm. Herr Mosler, der im Frühjahr 1966 verstarb, als mein erstes Buch erschien, bleibt stehen, auf einen Hirtenstab gestützt, wie Moses ihn beim Auszug aus Ägypten trug – nur der Gummipfropfen passt nicht dazu. Es dauert lange, bis sein Atem sich beruhigt, das Gehen fällt ihm schwer, er hat ein schwaches Herz: *Männchen*, sagt er – so nannten Onki und Tanti mich, als ich klein war – und hebt mahnend den Zeigefinger, während ich die Wimpern niederschlage, weil ich dem tadelnden Blick seiner wasserblauen Augen nicht standhalten kann, *Männchen, üb immer Treu und Redlichkeit. Und zieh dich warm an*, ruft Tante Mosler mir zu, jetzt schon aus weiter Ferne, ihr Witwenkleid nur noch ein dunkler Punkt am Horizont.

Drittes Buch: WOHIN GEHE ICH?

REISE ZUM POL DER RELATIVEN
UNZUGÄNGLICHKEIT

1

»Herr Dr. Hans Christoph Buch wird gebeten, an Tisch Nr. 12 Platz zu nehmen« – diese auf eine Karte gedruckte Aufforderung wurde mir beim Betreten der Botschaftsresidenz von einer Empfangsdame überreicht, und ich hatte keine Ahnung, dass sie mein Leben verändern würde, als ich mich, der Wegweisung folgend, zu dem nummerierten Tisch in der Ecke des Festzelts begab. Zwei Herren mit glänzend gegelten Haaren und frisch gebügelten Uniformen erhoben sich von ihren Plätzen und schlugen die Hacken zusammen, bevor sie mir die Hände reichten, Namen murmelnd, die ich auf die Schnelle nicht verstand. Die beiden sahen aus wie Schiffsstewards, Kellner oder Friseure, nur ihre Achselstücke und die unter die Arme geklemmten Mützen passten nicht dazu, und auf Nachfrage erfuhr ich, dass es sich um Offiziere der *Armada Argentina* handelte, wie die Marine hierzulande hieß. Ich gab ihnen meine Visitenkarte, und wir nahmen Aufstellung vor einem blauweiß dekorierten Büfett, an dem Pschorr Bräu und Weizenbier, Weißwürste und Leberkäse ausgegeben wurden, exotische Gerichte aus Sicht eines Argentiniers, der sich von Mate-Tee und Rotwein, Steaks und Salat ernährt. Mühsam radebrechend, erklärte ich, dass Weißwürste in München vor zwölf Uhr mittags konsumiert werden, mit süßem statt scharfem Senf, Leberkäse und Brezeln dagegen zu jeder Tageszeit, Auskünfte, die mehr Fragen aufwarfen, als sie beantworteten.

Es war Anfang Oktober, der dritte Jahrestag der Wiedervereinigung, die mit der Öffnung der Mauer im November 1989 begonnen hatte, und wie viele Ausländer verwechselten die Argentinier das bayerische Oktoberfest mit dem deutschen Nationalfeiertag, zu dem die Botschaft der Bundesrepublik das diplomatische Korps, Vertreter der Zivilgesellschaft und des Militärs in den Garten der Residenz einlud: Eine Verwechslung, die neuen Gesprächsstoff bot, während wir Biere zapften und unsere Teller mit Leberkäse und Weißwürsten beluden, nicht zu vergessen Brezeln und süßen Senf.

»Sie sind also Schriftsteller«, sagte der Ältere der beiden, der Corbetta hieß und in seiner Freizeit Korvetten malte, mit Blick auf meine Visitenkarte, die er unschlüssig hin und her drehte: »Und was schreiben Sie so, wenn man fragen darf?« – »Reisebücher«, erwiderte ich, nicht ganz falsch, aber auch nicht ganz der Wahrheit entsprechend. Bei diesen Worten stieß der Korvettenkapitän seinem Adjutanten, Leutnant Santos, den Ellbogen in die Seite. »Waren Sie schon mal am Südpol oder hätten Sie Lust, dorthin zu fahren?« – »Nein, das heißt doch. Ich war noch nie in der Antarktis, aber gegen eine Reise dorthin hätte ich nichts einzuwenden!«

»Sie hören von uns«, sagte Kapitän Corbetta und wies seinen Untergebenen an, meine Telefon- und Faxnummer zu notieren, während er vergeblich versuchte, den im Tütchen verklumpten Zucker für seinen Kaffee locker zu machen – eine charakteristische Handbewegung, die in den Cafés von Buenos Aires häufig zu sehen ist.

2

Nach Mitternacht klingelte der Wecker, nein, das Telefon klingelte, und es dauerte lange, bis ich schlaftrunken den Hörer abnahm und begriff, was die Stunde geschlagen hatte. »Habla la Armada Argentina«, sagte eine befehlsgewohnte Männerstimme, »sind Sie Dr. Buch? Wollen Sie die Antarktis besuchen?« Und während ich darüber nachsann, wie das Oberkommando der Marine – oder war es der Geheimdienst? – meinen Aufenthaltsort und meine Telefonnummer ermittelt hatte, forderte der anonyme Anrufer mich in keinen Widerspruch duldendem Ton auf, mich Anfang Januar in aller Frühe am Militärhafen von Buenos Aires einzufinden, um an Bord des Eisbrechers *Almirante Irizar* zu gehen. Der Befehl erreichte mich an der Mündung des

Beagle-Kanals in den Atlantik, in Ushuaia, der südlichsten Hafenstadt Argentiniens, und nicht einmal meine in Berlin zurückgebliebene Frau und gute Freunde wussten, an welch entlegenem Ort ich mich befand. Umso erstaunlicher war es, dass das Marineministerium (oder wer auch immer hinter dem Anruf steckte) mich in der Bed-and-Breakfast-Pension der Tante Emma, einer deutschstämmigen Argentinierin, aus dem Schlaf klingelte. Gab es eine flächendeckende Überwachung, die von Buenos Aires bis Feuerland reichte und weiter auf die der Antarktis vorgelagerten Inseln? Oder hatte die CIA ihre schmutzigen Finger im Spiel? Wussten die argentinischen Militärs, dass ich im Falklandkrieg für England optiert hatte, und war die Einladung in die Antarktis vielleicht eine Falle, um mich nach Überschreiten des Polarkreises im ewigen Eis verschwinden zu lassen? Solche Gedanken drehten sich wie Mühlräder in meinem Kopf, während ich mich auf einer durchgelegenen Matratze wälzte, doch irgendwann muss ich eingeschlafen sein.

Im Traum bin ich an eine voll aufgedrehte Heizung gefesselt in einem stockdunklen Kellerraum. Die Tür fällt ins Schloss, und nur durch Ritzen sickerndes Licht verrät, dass ich mich weder im Folterkeller der CIA noch im Verlies des Marineministeriums befinde, sondern in Buenos Aires, in der Botschaft der Deutschen Demokratischen Republik, die ich eine Woche zuvor besichtigt hatte: Der Arbeiter- und Bauernstaat war den Bach runtergegangen, doch be-

vor die Bundesrepublik die Immobilie übernahm,
gaben neugierige Besucher sich die Türklinken in die
Hand, und die Ex-DDR-Botschaft avancierte zur Tou-
ristenattraktion. Ich fühlte mich in die Normannen-
straße versetzt, wo ich mit einer erregten Menschen-
menge – das Wort Wutbürger gab es noch nicht – die
Stasi-Zentrale gestürmt und einen Kognakschwen-
ker aus Mielkes Büro entwendet hatte: Derselbe
Rauputz, die gleichen Gummibäume, Nierentische
und kratzenden Sessel, dasselbe Honecker-Foto über
dem Schreibtisch und das gleiche unförmige Telex-
Gerät, bei dessen Anblick ich begriff, warum der
Warschauer Pakt den Kalten Krieg verloren hatte.
Der Schlüssel zum Fax- und Telex-Raum war in der
Obhut der Stasi, und das Misstrauen ging so weit,
dass die DDR-Diplomaten sich gegenseitig bespitzel-
ten und ihre Kinder auf dem Botschaftsgelände unterrichten ließen, statt sie auf internationale oder
argentinische Schulen zu schicken – selbst im Büro
des Botschafters waren Abhörgeräte eingebaut. Eine
nicht autorisierte Variante von Edgar Allan Poes
Untergang des Hauses Usher – mit diesem unklaren
Gedanken im Kopf wachte ich auf.

3

Auf der Nordhalbkugel war Winter, aber in der Antarktis begann der Sommer, als ich über die Gangway
an Bord des Eisbrechers *Almirante Irizar* lief, inmit-

ten tätowierter Matrosen, die Bierkästen und Laut-
sprecherboxen trugen und mit Tränen in den Augen
Abschied nahmen von Müttern und Bräuten, die
ihnen vom Pier aus zuwinkten. Ein Schiffssteward
nahm mich in Empfang und geleitete mich zu einer
Kabine, die ich mit Bruno teilte, einem italienischen
Architekten, der Fertighäuser auf dem Eis errichtete,
die, zu Ziehharmonikas verformt, ins Meer glitten:
Das Eis der Antarktis ist nicht ewig, wie ich irrtümlich angenommen hatte, sondern ständig in Bewegung und rutscht auf glatt polierten Felsen der
Küste entgegen.

Nicht Stunden – Tage vergingen, bis mir die räum-
liche und sprachliche Orientierung in den dämm-
rigen Schiffskorridoren gelang, die *pasaje, pasadillo*
oder *pasadizo* genannt wurden, so wie die Kojen, Ka-
binen oder Kajüten *camaras, camaretas* oder *camarotes*
hießen. *Rancho primer turno* war das Kommando
zum Mittagessen; die Matrosen stellten sich in
Zweierreihen vor der Mannschaftskantine auf, wo
Köche mit Suppenkellen Spaghetti oder Ravioli aus-
gaben, und *subcabos* genannte Unteroffiziere standen
Schlange vor dem Büffet, während das Losungswort
Diana Diana mich zum Kapitänstisch rief, *comedor de
los comandantes* genannt, wo es zum Nachtisch Göt-
terspeise gab, wie sich das im Olymp gehört: Gift-
grüner Wackelpudding, der, wie General Leal, der
Senior der Antarktisforschung, erklärte, aus Makro-
algen hergestellt wurde, die der alte Herr in seiner
Kabine hortete. Die Frage *How big is your minibar?*

wurde zum geflügelten Wort, dessen Bedeutung ich erst begriff, als der Polarforscher mir empfahl, zur Förderung der Verdauung Algencocktails zu trinken.

Mittags gab es Suppe, Salat und Dessert, abends Drei-Gänge-Menüs mit Rotwein, gefolgt von Kaffee und Kognak, und ich fertigte Zeichnungen der Schulterstücke und Rangabzeichen an, um meine Tischnachbarn mit Nennung ihres Dienstgrads korrekt anzureden: *Buenos dias, mi capitán – buenas tardes, mi coronel – buenas noches, mi general!*

Die Kommunikation wurde dadurch erschwert, dass es auf der *Almirante Irizar* nicht nur einen, sondern mehrere Kapitäne gab, deren Kompetenzen nicht klar abgegrenzt waren: Kapitän Corbetta, genannt Korvette hoch zwei; Kapitän Federici, der keinen Nachtisch, und Kapitän Reali, der keine Vorspeisen aß, und Kommodore Fuster, der nur Mineralwasser trank. Und als sei das nicht genug, waren außer der Marine auch Offiziere von Heer und Luftwaffe an Bord, für die der Eisbrecher ein Kreuzfahrtschiff und die Fahrt durchs Südpolarmeer ein Gratisurlaub war.

4

Patagonien ist flach und grün wie eine Tischtennisplatte, und ein über die Pampa fegender Staubsturm blies Wolken stinkender Käfer an Bord, deren Chitinpanzer bei jedem Schritt unter den Schuhen zerbarsten. Neben einem blasenden Pottwal tauchte ein Hai aus den Wellen auf – vielleicht war es auch ein Orca, der ein Walbaby von seiner Mutter zu trennen versuchte, und statt eines als Unglücksbote gefürchteten Albatros kreisten vom Wind verwehte Flamingos über dem Schiff.

Die *Roaring Forties* und die *Furious Fifties* – so heißt das Seegebiet vor der Küste Patagoniens – trugen ihre Namen zu Recht. Schneidend kalter Wind türmte die Atlantikdünung zu furchterregender Höhe, schwere Brecher gingen auf Bug und Heck nieder, und auf den Flügeln des Sturms schwebten Sturmschwalben. In der Le Maire-Straße zwischen der Isla de los Estados und Feuerland wurde die Besatzung an Deck beordert. Offiziere und Mannschaften traten zum Appell an, ein Trompeter blies einen misstönenden Salut, dessen Melodie der Wind auseinanderriss, ein mit Schleifen geschmückter Kranz wurde ins Meer geworfen und trieb im Kielwasser des Schiffes davon. Meinen Tischgenossen standen Tränen in den Augen beim Gedanken an ihre Kameraden von der *General Belgrano*, die im Mai 1982 von einem britischen Atom-Unterseeboot versenkt worden war und 323 Matrosen in die Tiefe gerissen hatte. Während des Falklandkriegs hatte die *Almirante Irizar* als Lazarettschiff gedient, das auch verwundete Engländer an Bord nahm, und, von einem britischen U-Boot verfolgt, in einem Konvoi russischer Fischtrawler Schutz gesucht.

Am nächsten Morgen tobten als Dracula- und Frankenstein-Monster maskierte Zombies durch den Schiffskorridor, ein Vorgeschmack darauf, was die Neulinge, zu denen auch ich gehörte, bei der Polartaufe am 66. Breitengrad erwartete.

Die *Almirante Irizar* hatte die Drake-Passage durchquert und die antarktische Konvergenz erreicht, eine brodelnde Wetterküche, in der subtropisch warmes Wasser aus dem Südatlantik sich mit dem vom Inlandeis abfließenden Süßwasser mischt. Den Passagieren war schlecht. Der Bordarzt verteilte Pillen gegen Seekrankheit und klebte mir ein Pflaster hinters Ohr, das die Übelkeit noch verschlimmerte. Beim Anblick der ans Bullauge klatschenden Wellen, des schwankenden Fußbodens und der in den Angeln quietschenden Tür stieg Brechreiz in mir hoch. Ich lag zusammengerollt auf dem Bett, und vor meinen halb geschlossenen Lidern glitt wie eine Fata Morgana ein rosa Eisberg vorbei. Der Nebel lichtete sich, und ich sah Pinguine auf einer Eiskante stehen und kopfüber ins Wasser springen, aus dem sie wie Formationsschwimmer auf- und wieder eintauchten. Dann kam Land in Sicht: Schwarze Basaltfelsen flankierten die Einfahrt in eine von blaugrünen Gletschern gespeiste Bucht, Möwen kreuzten über dem mit Eisbrocken gesprenkelten Meer, und Prozessionen von Pinguinen wanderten über den steinigen Strand vor der Silhouette eines Tafelbergs, in dessen Windschatten sich Wohnsilos duckten.

Vor uns lag Jubany, ein als Forschungsstation die-
nendes Containerdorf, mit dem Argentinien Flagge
zeigte auf der dem Festland vorgelagerten King-
George-Insel, wo das Klima milder ist als im Innern
des Kontinents. Dutzende rivalisierender Staaten –
von Chile und Brasilien bis Polen und Russland –
hatten hier Labors eingerichtet, um vor Ort zu sein
am Tag X, wenn der Antarktis-Vertrag ausläuft und
der Run auf die unter dem Eis vermuteten Boden-
schätze beginnt. Die Männer hatten Dreimonats-
bärte und wirkten abgezehrt wie Gefängnisinsassen,
die Frauen verhärmt und unattraktiv in ihren plum-
pen Overalls, und die Begrüßung war einsilbig, als
hätten die Überwinterer das Sprechen verlernt.

5

Hans Busch, ein von der Bundesrepublik übernom-
mener Ornithologe aus der früheren DDR lädt mich
in seinen Wohncontainer ein. Es riecht nach klam-
men Kleidern und nassen Wollsocken, vor der Tür
stehen schlammverkrustete Gummistiefel, und statt
mit Bier ist sein Kühlschrank vollgestopft mit Mö-
wenkot, den Hans unter dem Mikroskop untersucht.
Er stammt aus Jena und hat sieben Jahre auf der von
der DDR betriebenen Georg-Forster-Station und im
sowjetischen, jetzt russischen Bellingshausen zugebracht.

Obwohl ich aus der feindlichen Bundesrepublik komme, sind wir sofort per du. »Wie reagierst du, wenn du bei vierzig Grad unter null an die Reling greifst, und deine Finger frieren fest«, fragt Hans und öffnet den Reißverschluss seines Overalls. »Da hilft nur warmer Urin«, fährt er fort, nestelt an seinem Hosenstall und pinkelt vor meinen Augen ins Waschbecken. »Hast du schon mal von der antarktischen Konvergenz gehört? Du hast sie letzte Nacht durchquert – dein bleiches Gesicht weist darauf hin. Weißt du, was ein Nunatak ist, ein Trockental oder ein katabatischer Wind? Nunataks sind hohe Berge, deren Gipfel als Felsnadeln aus dem Inlandeis ragen, und Trockentäler sind windgeschützte Oasen, in denen sich wegen des Mikroklimas kein Eis bildet, aber auch kein Leben entwickelt, außer kümmerlicher Flechten an den Unterseiten der Steine: Die Schirmacher-Oase zum Beispiel, benannt nach ihrem Entdecker, der mit seinem von der *Schwabenland* katapultierten Flugzeug das Gebiet überflog und Hakenkreuzflaggen abwarf, um Neuschwabenland einzugemeinden ins Dritte Reich. »Irrsinnig klare Bäche fließen durch dieses Wahnsinnstal«, schrieb Schirmacher in sein Bordbuch. Der katabatische Wind besteht aus extrem kalter Luft, die mit 300 Stundenkilometern von den Bergen im Landesinnern zur Küste fegt, ein Eissturm, der unbekleidete Körperteile in Sekunden abfrieren lässt: Nur auf dem Festland überwinternde Kaiserpinguine trotzen dem Eissturm und brüten, von einem Fuß auf den andern tretend, in Bauchfalten ihre Eier aus.

Wusstest du, dass der durchschnittliche Nieder-
schlag auf dem Südkontinent geringer als in der Sa-
hara ist, dass es fast nie regnet oder schneit und
dass es nicht nur einen, sondern fünf Pole gibt? Den
geographischen Pol, wo die USA eine ganzjährig be-
mannte Forschungsstation unterhalten, genannt
Scott Base, den magnetischen Pol, der sich ständig
verschiebt, den geomagnetischen Pol, der zur Beob-
achtung des Magnetfelds dient, den Kältepol auf der
russischen Station Wostok, wo mit minus 89,2 Grad
Celsius die niedrigste Temperatur auf der Erde ge-
messen wurde, und den Pol der relativen Unzugänglichkeit, der die größtmögliche Entfernung zu allen
Küsten und Kontinenten aufweist.«

»Genau da will ich hin!«

»Genau das habe ich befürchtet!«

»Schon jetzt«, sagt Hans und stützt sich schwer
atmend auf den Küchentisch, »ist King George
Island übersät mit Plastikmüll, den zu entsorgen
wir theoretisch verpflichtet sind. Doch der Rück-
transport leerer Konservendosen nach London, Berlin oder Sankt Petersburg kostet Geld, und außer
Greenpeace gibt es keine Instanz, die die Einhaltung
des Antarktisvertrags überwacht. Vierzig Staaten
haben das Madrider Protokoll unterschrieben, aber
wer beseitigt die Spuren von Gabelstaplern und Jeeps,
deren Reifenprofil im Permafrostboden ewig sicht-
bar bleibt? Unsere Pinguine haben sich an die Nähe

der Menschen gewöhnt, fressen Küchenabfälle und gehen ungeniert in den Wohncontainern ein und aus. Hier – sieh selbst!«

Hans Busch öffnet die Tür und stößt einen an den Lockruf eines Entenjägers erinnernden Balz- oder Schnalzlaut aus. Ein Pinguin stolziert herein, watschelt zielstrebig zur Kühltruhe, deren Deckel er aufklappt, und stibitzt ein in Folie eingeschweißtes Lachssteak aus dem Tiefkühlfach. »Eselspinguine fressen alles, am liebsten frischen Fisch, aber auch Ölsardinen und Corned Beef. Doch ich habe deine Frage nicht beantwortet. Du wolltest wissen, was mich in diesen entlegenen Winkel der Welt verschlagen hat?« Statt einer Antwort krempelt Hans die Hemdsärmel hoch und entblößt den mit Narben gekerbten Unterarm.

»Weißt du, was Skuas sind? Raubmöwen mit Flügelspannweiten bis zu zwei Metern, die ich mit bloßer Hand einfange und beringe! Das wichtigste Ereignis in meinem Leben war nicht der Fall der Mauer oder die Wiedervereinigung, sondern die Tatsache, dass eine von mir beringte Skua in Grönland gefangen wurde. Damit hatte ich den Beweis erbracht, dass Raubmöwen auf ihren Vogelzügen von der Antarktis in die Arktis fliegen – und wieder zurück. Das *Neue Deutschland* berichtete darüber, und ich erhielt eine Gehaltserhöhung, die nicht zur Auszahlung kam, weil die DDR von der Bildfläche verschwand.«

»Und wie bist du hierher gelangt?«

»Mit einem sowjetischen Eisbrecher. In Kapstadt, damals noch Feindesland, nahmen wir Zucker an Bord für selbstgebrannten Wodka, russisch *Samogon*, obwohl Herstellung und Konsum von Alkohol auf Polarstationen verboten sind. Vor der Ausreise hatte die Stasi mich auf Herz und Nieren überprüft, weil die Antarktis als kapitalistisches Ausland galt!«

6

Hans hat mir seine Gummistiefel geliehen und den kürzesten Weg zu den Brutstätten der Pinguine am anderen Ende der Bucht skizziert. Der Fußmarsch ist beschwerlich, obwohl das zum Meer abfallende Gelände auf den ersten Blick wie eine Heidelandschaft wirkt. So muss die norddeutsche Tiefebene am Ende der letzten Eiszeit ausgesehen haben. Auf ihrem Weg zum Meer haben Gletscherzungen Mergel, Kies und Geröll aufgehäuft, durch das Schmelzwasser rieselt. Es gluckst unter den Schuhen, der verharschte Schnee ist butterweich, und ich sinke bei jedem Schritt tiefer in den Morast. Gleichzeitig werde ich von Raubmöwen attackiert, die ihre auf Hügelkämmen gelegenen Nester verteidigen. Alfred Hitchcock hätte hier ohne optische Tricks den Film *Die Vögel* drehen können. Wie Stukas im Zweiten Weltkrieg greifen die Skuas in gestaffelten Formationen

an und stoßen, Warnschreie krächzend, auf mich
herab, zuerst das Männchen, dann das Weibchen, das
mir mit gespreizten Schwimmhäuten eine Maul-
schelle verpasst. Kaum habe ich mich vom ersten
Schreck erholt, fegen die beiden aufs Neue im Tief-
flug über mich hinweg. Mit fuchtelnden Armen
setze ich mich gegen ihre Angriffe zur Wehr und
schwenke, um den scharfen Schnäbeln und spitzen
Fängen auszuweichen, Mütze und Handschuhe als
Schutzschilde über dem Kopf, aber durch den un-
freiwilligen Aufenthalt versinke ich bis zu den Knö-
cheln und bald bis zu den Knien im Schlamm, aus
dem ich mich nur mit Mühe befreien kann. Mein
Gummistiefel steckt im Morast, und ich baue aus
Steinen ein Fundament, lege mich auf den Bauch
und ziehe den mit Wasser gefüllten Schuh aus dem
Sumpf. Über Sand- und Kiesbänke hüpfend, über-
quere ich ein Bachbett, den Spuren von Stiefeln folgend, deren Profil sich tief in den Moorboden ein-
geprägt hat.

Die Mühe hat sich gelohnt, denn kaum habe ich die
letzte Skua-Attacke abgewehrt, liegt vor mir ein mit
Walknochen übersäter Strand, der, so weit das Auge
reicht, von Pinguinen wimmelt, mehr als 20 000, wie
ich später erfahre: Eselspinguine, so genannt wegen der Rufe, die sie ausstoßen, Adelie- und Zügel-
pinguine leben hier auf engstem Raum zusammen –
verirrte Jungvögel werden mit Schnabelhieben zu
den Eltern zurückgejagt. Es stinkt wie in einer Me-
nagerie: Ich wate im Pinguinkot, der, rosa verfärbt

vom Krill, der Hauptnahrung der Vögel, über glitschige Steine rinnt und sich als Guano am Strand ablagert. Die Pinguine haben keine Angst vor Menschen, auch nicht vor Skuas, die ihre Nester ausplündern, Eier stehlen und neugeborene oder kranke Tiere töten – als Gegenleistung halten sie Fressfeinde fern und sichern so das Überleben der Kolonie. Männliche und weibliche Pinguine wechseln sich bei der Nahrungssuche ab, verfolgt von den flauschigen Jungen, die ihre Eltern mit spitzen Schreien nerven, bis diese ihnen halbverdauten Krill in die gierig geöffneten Schnäbel würgen. Zwei Sturmschwalben streiten sich um einen von Seeleoparden ausgeweideten Adeliepinguin, und eine Raubmöwe zerrt einer toten Robbe das Gedärm aus dem Leib.

Ich nehme in einer windgeschützten Felsnische Platz und ziehe meine nassen Stiefel aus, um sie an der Sonne zu trocknen. Dann schließe ich die Augen und lausche dem Fiepsen, an dem ein Pinguin unter abertausend Artgenossen seinen Partner und Nachwuchs erkennt. Das auf- und abebbende Rauschen der Brandung lullt mich ein, und es kommt mir vor, als seien die Pinguine, die ohne Heizung und Nahrungsreserven im Eis überwintern, außerirdische Wesen und der Beweis dafür, dass es intelligentes Leben auf der Erde gibt.

Als ich aus meinem Tagtraum erwache, stelle ich fest, dass die Felsbuckel vor mir auf dem Strand Seeelefanten sind, die reglos auf Tangbetten dösen. Nur ab und zu rekelt sich eine der kolossalen Kühe und kratzt sich mit der Vorderflosse die Brust, aus deren Zitzen eine vorwitzige Skua Milch saugt. Als ich näherkomme, schlägt die Seeelefantin ihr kugelrundes Auge auf, aus dem eine dicke Träne kullert, und mustert mich missbilligend von Kopf bis Fuß. Dann erhebt sich der Leitbulle, bläht seinen Rüssel auf und trompetet wie ein Elefant. Auf diese Weise stellt der Strandmeister klar, wer in seinem Harem den Ton angibt.

7

Ich überspringe die nächsten Stationen, an denen das Schiff anlegt: Half Moon Bay, wo deutsche U-Boote im Zweiten Weltkrieg auftankten und wohin Hitler sich 1945 abgesetzt haben soll, um in der Antarktis zu überwintern – anderen Gerüchten zufolge hält er sich in der Schirmacher-Oase versteckt, wo der Polflieger Byrd nach dem Führer des Großdeutschen Reichs fahndete, oder auf Deception Island, wo Touristen bei Minusgraden im Meer baden – ein aktiver Vulkan macht's möglich.

Noch heißer als der Vulkan ist die Stationschefin Susana Tigre, die ihrem Namen Ehre macht, indem sie jeden Mann, der sich in die einsame Bucht verirrt, mit Haut und Haaren verschlingt. Ich stand ihr Auge in Auge gegenüber und kann bestätigen, dass die Tigerdame nicht mit sich spaßen lässt. Kein Wunder, dass ihre sexuellen Eskapaden Gesprächsstoff am Kapitänstisch waren, aber statt das Thema zu erweitern und zu vertiefen, lasse ich es bei der Drohung bewenden und begebe mich schnurstracks zum 66. Breitengrad, damit die von langer Hand vorbereitete Polartaufe endlich stattfinden kann.

Seit Tagen dröhnen Lautsprecherdurchsagen durch das Schiff, die allen Ungetauften Himmel und Hölle androhen, und im Bordfernsehen sitzt ein Inquisitionstribunal, dessen Geschworene Ku-Klux-Klan-Kapuzen mit Sehschlitzen tragen, über die Neulinge zu Gericht. Weil ich unentschuldigt dem Essen fernblieb und über Witze lachte, die ich nicht verstand, werde ich dazu verurteilt, mich als Gaucho zu verkleiden und den Anfang des Nationalepos *Martín Fierro* aufzusagen – eine milde Strafe im Vergleich zu dem, was andere Passagiere erwartet. Ich besorge mir einen Strohhut und eine Gitarre, knüpfe mir ein Handtuch um den Bauch, in das ich ein Brotmesser stecke, und rezitiere vor laufender Kamera Verse des Gaucho-Poeten José Hernández, die ich über Nacht auswendig gelernt habe:

Aqui me pongo a cantar
Al compás de la viguela,
Que e1 hombre que lo desvela
Una pena extraordinaria,
Como el ave solitaria,
Con el cantar se consuela.

Stockend deklamiere ich die Verse, als hinge mein Leben davon ab, und zum Lohn für die schweißtreibende Arbeit darf ich in Neptuns Gefolge auf der Ehrentribüne Platz nehmen. Was dann passiert, ist eine Mischung aus schwarzer Messe und Kindergeburtstag: Einen *Darkroom* gibt es nicht, wohl aber düstere Korridore und gewundene Treppen, auf denen die Täuflinge Spießruten laufen durch Spaliere von Matrosen, die sie mit Fausthieben und Fußtritten misshandeln. Anschließend bekommen sie Haare und Bärte gestutzt, werden in Bottiche mit Spülwasser getunkt, mit Sägespänen bestreut, mit Elektroschocks gefoltert, mit verbundenen Augen zur Hinrichtung geführt und beim Kommando *Volles Rohr!* aus Gummischläuchen mit eiskaltem Wasser bespritzt. Hinterher küssen die Neophyten dem diensthabenden Kapitän, alias Neptun, die mit Senf und Ketchup bestrichenen Füße und lassen sich, Arm in Arm mit ihren Peinigern, in Siegerpose fotografieren.

Auch mir blieb die lästige Prozedur nicht erspart. Zusammen mit anderen Passagieren wurde ich in Sägemehl gewälzt und anschließend in Spülwasser getaucht: *Teeren und federn* nannten die Witzbolde das, aber das Lachen blieb mir im Halse stecken bei der Erinnerung an das Terrorregime der Militärjunta, in der die Marine eine führende Rolle spielte: Die Opfer der Torturen wurden, tot oder lebendig, aus Flugzeugen und Schiffen in den Südatlantik geworfen. Und während ich unter der kalten Dusche

Sägespäne und Dreck aus den Haaren spüle, denke ich an die Mütter der Plaza de Mayo, die sich jede Woche vor der Casa Rosada in Buenos Aires versammeln, um Auskunft über das Schicksal ihrer verschwundenen Angehörigen zu erlangen.

8

Die *Almirante Irizar* stieß tief ins Weddellmeer vor. Das Packeis, das Shackletons *Endurance* zum Verhängnis wurde, hatten wir in weitem Bogen umschifft und näherten uns dem 75. Breitengrad, an dem eine Eisbarriere den Robbenfänger James Weddell im Winter 1823 zur Umkehr zwang. Weiter südlich, vor der Küste des Kontinents, öffnet sich im antarktischen Sommer eine Fahrrinne, durch die man zu der im Inlandeis gelegenen Forschungsstation Belgrano II gelangt, deren Vorgängerin, Belgrano I, mit einem kalbenden Gletscher im Meer versank.

Von nun an ist das Eis Hauptakteur meiner Geschichte: Schwamm es anfangs noch in Fettaugen auf dem Meer, hat es sich mittlerweile verdichtet von Eissuppe zu Eisbrei, von dort zu Pfannkuchen-eis und weiter von sauber ausgestanzten Kuchenstücken zu Eisbomben und Eistorten, bei deren Anblick einem das Wasser im Mund zusammenläuft. Dann kommen Tafeleisberge in Sicht, breit wie Fußballarenen und hoch wie Wolkenkratzer, von denen unaufhörlich Wasser rieselt, während ihre Fenster phosphoreszierend leuchten. Verlagert sich der Schwerpunkt eines dieser Giganten, der wie alles Eis der Antarktis aus seit Jahrmillionen gefrorenem Süßwasser besteht, wälzt der Eisberg sich um die eigene Achse und löst eine Tsunami-Woge aus, bevor er die mit Algen bewachsene Unterseite nach oben dreht. Je nach Alter und Konsistenz des Eises ist die Oberfläche löchrig wie Schweizer Käse, rissig wie Parmesan oder wie Roquefort mit blaugrünem Schimmel marmoriert.

Auf den Schollen, die der Eisbrecher krachend ineinanderschob, lagen fette Weddellrobben, die erst in letzter Sekunde, wenn die turmhohe Bordwand als todbringendes Verhängnis über ihnen schwebte, witternd die Köpfe hoben und blitzschnell zwischen scharfkantigen Eisbrocken ins Wasser glitten. Nicht immer gelang es ihnen, der Gefahr auszuweichen; eine von der Schiffsschraube verletzte Pelzrobbe blieb blutend auf einer Eisscholle zurück: Ihre Überlebenschancen waren gleich null bei Wassertemperaturen von minus zwei und Lufttemperaturen von minus 18 Grad.

Die Kaiserpinguine, allein oder zu zweit, wie es sich für regierende Monarchen geziemt, übersahen absichtlich, wie es schien, das im Südpolarmeer gestrandete Raumschiff *Enterprise* und setzten mit unter den Frackschößen verschränkten Armen ihre einsamen Wanderungen fort. In eisfreien Tümpeln tauchten Buckel- und Minkwale zum Atemholen auf und bliesen Gischtfontänen in die Luft. Und Gustavo, der mit Teleobjektiv bewehrte Ornithologe auf der Schiffsbrücke, hatte alle Hände voll zu tun, um die Vogelarten zu bestimmen, die den Walen den Krill wegschnappten: *Petrel blanco – Pagodroma nivea*, schrieb er in sein Notizheft und erklärte, der gegen den Uhrzeigersinn wehende Wind lenke Zugvögel von ihren Flugrouten ab und treibe Flamingos ins Polarmeer, wo sie auf Eisschollen verendeten.

Dann war auch das zu Ende. Die *Almirante Irizar* nahm Anlauf, ihr Bug hob sich so hoch, dass die Whiskyflaschen aus den Spinden fielen, und schob sich knirschend aufs Eis, das von Tag zu Tag kompakter geworden war. Die Eisdecke hielt, kein Beben erschütterte sie, keine Bruchkante lief im Zickzack über sie hinweg und füllte sich mit Salzwasser, in dem das Eis in Schollen abtrieb und in Strudeln versank, um kurz darauf glucksend wieder aufzutauchen. Die Stunde der Wahrheit war gekommen, und wie in einem Seefahrerroman saß die *Almirante Irizar* im Packeis fest.

»Das Eis der Antarktis unterscheidet sich fundamental von dem der Arktis«, sagte General Leal, der einzige Offizier an Bord, der beide Regionen besucht hatte und schon an seinem eisgrauen Schnurrbart als graue Eminenz erkennbar war. »Es gibt junge und alte Eisfelder, und beide haben die unangenehme Eigenschaft, nie zur Ruhe zu kommen oder völlig stillzustehen, auch wenn es dem ungeübten Auge anders erscheint. Von Strömungen, Sturm und Wellen bewegt, stoßen sie mit Getöse gegeneinander, zerbersten in verschieden große Teile oder schieben sich, der Trägheit der Masse gehorchend, ineinander, um zu Eisbergen zu verklumpen, die der vom antarktischen Festland wehende Wind aufs Meer hinaustreibt. Dadurch öffnet sich am Westrand des Filchner-Eisschelfs, im Weddellmeer, ein Kanal, der in den Sommermonaten schiffbar ist.«

Es gebe mehrere Methoden, das Packeis zu durchbrechen, fuhr der Senior der Antarktisforschung fort. Nähere sich die *Almirante Irizar* von offener See aus einem geschlossenen Eisfeld, fahre man die Geschwindigkeit auf vier bis sechs Knoten herunter, um Vibrationen des Schiffsrumpfs und Beschädigungen der Schrauben zu vermeiden, ganz zu schweigen vom Risiko einer Kollision. Dadurch sinke der Energieverbrauch, die Maschinen überhitzten sich nicht und die Bordwand sei weniger starken Belastungen ausgesetzt, da die Eisdecke nicht auf einen Schlag, sondern langsam aufbreche und abdrifte.

»Trifft das Schiff dagegen auf meterdickes Packeis, wird die zweite, riskantere Methode angewandt: Die *Almirante Irizar* setzt zurück, nimmt Anlauf und fährt mit voller Kraft aufs Eis, wobei der Bug sich immer höher schiebt, so lange, bis die Eisdecke unter Druck aufplatzt.« Dann werde der Rückwärtsgang eingelegt, und das Schiff kreuze hin und her, um die

Öffnung auszuweiten und zu verhindern, dass die Fahrrinne zufriert. »Das Risiko besteht darin«, mit diesen Worten beendete der General sein extemporiertes Kolleg, »dass die *Almirante Irizar* wie ein waidwunder Wal aufs Packeis gleiten, seitlich ausscheren und umkippen kann: Auf diese Weise haben wir 1989 den Eisbrecher *Bahia Paraiso* verloren – um eine Ölpest zu verhindern, mussten die Benzintanks leergepumpt werden, was Millionen Pesos kostete!«

Zur Ablenkung von solch unerfreulichen Gedanken – wer über Bord fällt, stirbt auf der Stelle an Herzstillstand oder durch Kälteschock ausgelöster Atemnot – fanden im *Comedor de los comandantes* Festessen statt, bei denen die ausländischen Gäste sich als Hobbyköche betätigten. Mit Kochmütze und Küchenschürze servierte ich ein deutsches Wiedervereinigungs-Menü, bestehend aus Gulasch, Rotkohl und Salzkartoffeln, während der Bug sich hob und senkte und riesige Eisblöcke an der Schiffswand entlangschrammten, hohl tönend wie Totenglocken oder die Posaunen des Jüngsten Gerichts.

9

Nicht einen oder zwei – acht Tage lang trat die *Almirante Irizar* auf der Stelle und fuhr in einem immer enger werdenden Wasserloch im Kreis herum, während die Sonne den Horizont umschiffte und nicht mehr unterging. Die Stimmung war gereizt. Die Kapitäne versammelten sich auf der Kommandobrücke, und die Frage, ob das Schiff Kurs nach Norden oder Süden nahm, zum antarktischen Festland oder zurück ins offene Meer, wurde erst ungnädig und dann überhaupt nicht mehr beantwortet. Vergeblich warteten wir auf den katabatischen Wind, der die Eisdrift auslösen sollte. Stattdessen kam von Argentiniens Erbfeind Großbritannien, genauer gesagt von der HMS *Endurance*, über Funk die Nachricht, es sähe nach verfrühtem Wintereinbruch aus – eine Wetterbesserung sei nicht in Sicht. Die nur fünfzig Seemeilen entfernte Forschungsstation Belgrano II war plötzlich in unerreichbare Ferne gerückt. Entsprechend gedrückt war die Stimmung: Die Metereologen machten lange Gesichter, und der italienische Architekt, schrieb sein Testament für den Fall, dass ihm etwas zustoßen sollte. Aber Bruno ist wohlbehalten nach Rom zurückgekehrt, und statt seiner hat es mich erwischt. Beim Joggen auf dem Helikopterlandeplatz rutschte ich auf einer gefrorenen Pfütze aus. »Endlich ein Zwischenfall, der die Routine durchbricht«, dachte ich, während ich über das spiegelglatte Deck auf die Bordwand zuglitt, unter mir das in der Kälte dampfende Meer, mit Eiskristallen gesprenkelt. Wie in einem Kolportageroman sah ich Sterne, und diesmal war ich mir sicher, dass es nicht das Kreuz des Südens war, bevor ich vor Schmerzen die Besinnung verlor.

Als ich aus der Narkose erwachte, hatte der Bordarzt Lucio mir die aus dem Gelenk gesprungene Schulter wieder eingerenkt – bei minus 20 Grad splittern die Knochen wie Porzellan. Das Schultergelenk tat so weh, dass ich weder schreiben und lesen konnte, und nach kurzer Rekonvaleszenz deponierte ein Hubschrauber der Royal Navy mich bei Argentiniens Erzfeinden auf der chilenischen Polarstation Teniente Marsh. Von dort flog ich mit einer Herkules-Transportmaschine über Rio Gallegos nach Buenos Aires zurück.

Es hätte schlimmer kommen können, und ich war vorgewarnt: Das Joggen auf Deck war streng verboten, und wer sich in Gefahr begibt, kommt darin um. So besehen hatte ich Glück im Unglück gehabt und mein selbst gesetztes Ziel, den Pol der relativen Unzugänglichkeit, nicht erreicht. Der virtuelle Ort liegt auf halbem Weg zwischen der Schirmacher-Oase und der russischen Station Wostok, dem Kältepol. Ob der Wetterumschwung durch die Erderwärmung verursacht wurde oder durchs Ozonloch, weiß ich nicht – auch die mitreisenden Meteorologen konnten diese Frage nicht beantworten.

10

Eisbrecher sind keine Herzensbrecher, aber es gab doch einen *Darkroom* an Bord, dessen Existenz der

Geheimhaltung unterlag und von dem ich erst gegen Ende der Reise erfuhr. Der *Darkroom* lag neben dem Maschinenraum und wurde von der Abwärme der Dieselmotoren auf tropische Temperaturen erhitzt. Das winzige Kabuff, spartanisch möbliert mit einer Pritsche, einem Wasserkübel und einer Wurzelbürste, diente als Sauna, deren Besuch Offizieren vorbehalten war. Ich musste mich in eine Liste eintragen und bekam vom Schiffssteward Handtuch und Seife ausgehändigt, aber zu meiner Überraschung war die Sauna von einem Matrosen belegt. Er rekelte sich auf der Pritsche, als sei das eine Selbstverständlichkeit, und kehrte mir seinen muskulösen Rücken zu, dessen Tätowierung – eine von Ankertauen umschlungene Seejungfrau – mir bekannt vorkam. Das Bild hatte man mit Nadelstichen, die höllisch schmerzten, in die Haut geätzt, und dabei fiel mir ein, dass Adonis – so hieß der Matrose und so sah er auch aus – bei der Polartaufe mit Wasser bespritzt und mit einem Gummischlauch vergewaltigt worden war. Das munkelte man am Kapitänstisch, und weil der Täter ein *comandante* war, wurde die Sache nicht weiter verfolgt. Als Geste des guten Willens erlaubte man dem Matrosen die Benutzung der Sauna, und im Gegenzug hatte er sich zum Schweigen verpflichtet.

An diesem Tag aber war Adonis ungewöhnlich redselig und teilte mir unter dem Siegel der Verschwiegenheit mit, er sei Mitglied der kommunistischen Partei.

»Wie bitte?« – »Sie haben richtig gehört. Ich bin Kommunist und habe Vertrauen zu Ihnen, seit ich Sie mit einem ostdeutschen Ornithologen sprechen sah, dem ich im Kalten Krieg geheime Kassiber übermittelt habe. Aber das bleibt unter uns.« – »Und wie haben Sie die Militärdiktatur überlebt?«

Die Glühbirne flackerte, das Licht erlosch. Die Blackouts häuften sich, seit die *Almirante Irizar* im Packeis eingeschlossen war, und Adonis lachte leise in der Dunkelheit.

»Das war kein Problem. Die Militärjunta verfolgte unsere politischen Feinde, Trotzkisten, Monteneros und wie sie alle hießen, aber die KP blieb ungeschoren, weil Argentinien der UdSSR Weizen und Rindfleisch lieferte und Waffen von dort bekam. Eine Hand wäscht die andere, nicht wahr?«

Das Licht ging wieder an, und hinter dem feucht beschlagenen Bullauge erschien das Gesicht von Korvette hoch zwei, der, die Nase an die Scheibe gepresst, ins Innere der Sauna spähte.

»Und die Verschwundenen, die Gefolterten?«

»Was ich nicht weiß, macht mich nicht heiß!«

»So redet kein Kommunist. Mir machen Sie nichts vor. Sie sind ein *agent provocateur*!«

»Soll ich es Ihnen beweisen?«

Adonis schlug das Handtuch zurück, das er züchtig über den Unterleib gebreitet hatte, und entblößte seinen wohlgeformten Hintern. Ein Stempel mit der Aufschrift *Certified Beef – Made in Argentina* war auf die rechte Arschbacke tätowiert, der mit gotischen Lettern geschriebene Slogan: *Proletarier aller Länder – vereinigt euch!* auf die linke.

BIRDS OF CENTRAL AMERICA

1

Mein Name ist Hans Busch, und ich bin kein Schriftsteller, sondern Ornithologe von Beruf – Skua-For-
scher genauer gesagt. Skuas sind Raubmöwen mit
Flügelspannweiten bis zu zwei Metern, die von der
Antarktis zur Arktis fliegen und wieder zurück. Ich
weiß, wovon ich rede, denn eine von mir beringte
Skua wurde in Grönland gefangen – seitdem ist
mein Name der Fachwelt ein Begriff. Doch statt
ornithologisch zu fachsimpeln, möchte ich erzählen,
warum ich vor den Nachstellungen meines Doppel-
gängers, den Routen der Skuas folgend, von Deception Island in der Antarktis nach Resolute Bay in der
Arktis geflohen bin. H. C. Buch heißt der Typ, der
mich für sein Alter Ego hält, ein Tintenkleckser wie
er im Buche steht, und der Schreiberling hat es sich
in den Kopf gesetzt, er und ich seien siamesische
Zwillinge, weil es zwischen Ornithologie und Literatur, sofern man sein Geschreibsel so nennen will,
mehr als nur partielle Übereinstimmungen gäbe.
Der Schmierfink schreckt vor nichts zurück und
schickt sich an, mich oder denjenigen, den er für
mich hält – einen in der Sonne schmelzenden Schnee-
mann mit einer Mohrrübe als Nase und Kohlen

statt der Augen, zwischen zwei Buchdeckeln zu verewigen mit dem Hinweis, die Karikatur sei sein Selbstporträt: *Amalgam* nennt er das, ein Begriff aus dem Wörterbuch des Unmenschen, den er mit der *Ungleichheit des Ähnlichen* rechtfertigt – eine Verletzung meines Persönlichkeitsrechts, gegen die mein Anwalt eine einstweilige Verfügung beantragt hat.

2

Ich heiße Hans Busch, wie gesagt, und bin ehemaliger Bürger der ehemaligen DDR, eines Arbeiter- und Bauernstaats, der vor 25 Jahren den Bach runterging. Ich bin Polarforscher von Beruf, Ornithologe genauer gesagt, denn ich habe Skuas beringt, die auf ihren Vogelzügen vom Südpol zum Nordpol fliegen – diese Erkenntnis hat die Fachwelt mir zu verdanken. Seit ich auf Rügen erstmals eine Silbermöwe, *Larus argentatus*, beringte, habe ich die Wanderwege der Zugvögel studiert, die schon damals über Staatsgrenzen, Demarkationslinien, Betonmauern und Stacheldrahtzäune hinwegsegelten, auch SS-20-Raketen, Pershings oder Cruise Missiles schreckten sie nicht, weil die Freiheit über den Wolken grenzenlos ist, wie ein westdeutscher Liedermacher behauptet, was ich weder bestätigen noch widerlegen kann, da ich nur Vogelkundler, aber kein Vogel bin. Die Gedanken sind frei, aber Freiheit ist die Einsicht in die Notwendigkeit, eine deprimierende Erkenntnis, die der

Troika Marx-Engels-Lenin zu verdanken ist. Stalin war weg vom Fenster, als ich mich einschrieb an der Greifswalder Arbeiter- und Bauernfakultät, um Ornithologie zu studieren, ein unverfängliches Fach, doch nicht so unschuldig, wie es scheint: Die Einsicht in die Notwendigkeit wurde uns schon bei den Jungen Pionieren und später in der FDJ eingebläut – vielleicht hat die Sozialisation in der DDR mich für die Tätigkeit als Ornithologe prädestiniert. Aus nichts kommt nichts, wie der Volksmund sagt, und der Wunsch nach Bewegungsfreiheit oder einfach nur nach Freiheit hat meine Berufswahl motiviert: Nicht umsonst wurde ich von der Stasi auf Herz und Nieren geprüft, weil die Antarktis als kapitalistisches Ausland galt, und erst als zweifelsfrei feststand, dass ich fest auf dem Boden des Marxismus-Leninismus stand und weder Verwandte noch Freunde in der Bundesrepublik besaß, hat man mich nach Deception Island in Marsch gesetzt.

3

Welcome Mr. Hans stand auf einem Pappschild, das Hasdrubal in die Höhe hielt. Um besser gesehen zu werden, hatte er sich durch die Menge der Abholer und Chauffeure nach vorn gedrängt und stand direkt hinter der Absperrung, einen Computerausdruck mit dem Logo der Humboldt-Konferenz vor der Brust. Oder handelte es sich um einen Schriftstellerkongress? Der Slogan *Centroamérica cuenta* wies auf Letzteres hin, aber *cuenta* heißt je nach Kontext zählt oder erzählt, und um das Eis zu brechen – die Redensart passt, denn in San José war es angenehm kühl – um das Eis zu brechen, fragte ich ihn, ob sein Name auf der ersten oder letzten Silbe betont werde. Weder noch, brummte Hasdrubal, hing meine Computertasche um und zog den Rollkoffer hinter sich her; sein Name werde auf der mittleren Silbe betont, setzte er hinzu und öffnete die Schiebetür eines Minibusses mit dem Wappen der staatlichen Universität. Erst als ich auf dem Beifahrersitz saß und sagte, Hasdrubal sei der Bruder eines afrikanischen Feldherrn gewesen, der Hannibal hieß, hellte sein Gesicht sich auf und er meinte, davon habe er gehört, während ich darüber nachsann, ob die Endsilbe des Namens sich auf Baal bezog, dem die Phönizier Menschen geopfert hatten. Die Antwort auf meine Frage lag nur einen Mausklick entfernt, aber ich wollte sie nicht wissen. Hasdrubal erzählte, er sei das jüngste von sechs Geschwistern, Vater zweier erwachsener Söhne und eines kleinen Mädchens; Kinder zu kriegen sei ein Luxus, den nur noch Reiche sich leisten könnten.

Der Minibus umkurvte ein Schlagloch – weiträumig, wie es in Polizeiberichten heißt – und hielt auf dem Parkplatz des Hotels *Ave del Paraiso*, dessen Portier uns entgegenkam, um mein Gepäck in Empfang zu nehmen. Das Hotel gehörte einem Polen, der Hilfsgüter für Erdbebenopfer nach Nicaragua transportiert und eine Costarizenserin geheiratet hatte. Während General Jaruzelski in Warschau das Kriegsrecht verhängte, eröffnete er eine Würstchenbude, die sich großer Beliebtheit erfreute; später wurde ein Restaurant, noch später ein Hotel daraus, dessen Lobby einem Dschungelcamp ähnelte mit Tropenhelm, Hängematte und Moskitonetz, und der im Schaukelstuhl dösende Chef, unrasiert, in verwaschenen Jeans, sah aus wie ein Romanheld von Graham Greene. Bei meinem Eintritt erhob er sich, um nach dem Wunsch des Gastes zu fragen; das Wort Polenwirtschaft fiel mir ein, und während ich innerlich errötete wegen der Unschicklichkeit des Vergleichs, läutete mein Mobiltelefon. Oder war es die Türklingel? Weder noch, denn erst als ich unter der Dusche stand, um an den Poren klebenden Staub und Schweiß in den Ausguss zu spülen, wurde mir klar, dass der hoteleigene Papagei, ein blaugelbroter Ara, den Klingelton meines Handys täuschend echt imitiert hatte.

4

Paradies und Hölle liegen dicht beieinander, besonders in Panama, wo der Kanalbau 50.000 Arbeiter tötete, doch die grüne Hölle von einst ist heute eine Duty-Free-Zone, in der Krokodile nur noch auf Lacoste-Hemden zu sehen sind. Die Rede ist vom Fughafen Tocumen, einem Luftkreuz, das Miami den Rang abläuft, weil die Kontrollen lax sind und alles neun Dollar neunundneunzig kostet, Tequila und Rum, T-Shirts und Boxershorts inbegriffen; nur Schweizer Messer, die man nicht mit an Bord nehmen darf, sind teurer – ganz zu schweigen von Johnny Walker Blue Label, der den Jahresverdienst eines Kanalarbeiters kostet. »Glaube nicht, dass dein Leben sich ändert, wenn du stets nach derselben Devise handelst«, stand über dem Tor zum Konsumparadies, bewacht von einem Erzengel in schwarzem Overall, der von mir wissen wollte, ob ich Stein- oder Erdproben mitführe, Geflügelfarmen besucht oder Fieberanfälle gehabt hätte. Wenn ja, müsse ich mich in Quarantäne begeben, beim Sanitätspersonal melden oder eine 0800-Nummer anrufen. Panikmache, redete ich mir ein, denn über den Monitor flimmerte die Nachricht, Panama sei zu hundert Prozent ebolafrei.

Nur Duty-Free-Läden und Elektronik-Shops waren klimatisiert, und ich nahm gegenüber der Damentoilette Platz, aus der ein kühlender Lufthauch wehte, Urinaroma vermischt mit Pariser Parfüm, während aus dem Männerklo Fäkaliengeruch drang. Stewardessen gingen aus und ein, um ihre Make-ups und Frisuren aufzufrischen, und ich schaute der Toilettenfrau bei der Arbeit zu. Wie die meisten Putz- und Sicherheitsleute war sie übergewichtig und schwarz, während das Bodenpersonal der Airlines europäische oder asiatische Gesichtszüge hatte. Rassismus auch hier: Oh, wie schön ist Panama!

5

Es war mein dritter Tag in San José, und nach dem Frühstück, das wie stets aus Milchkaffee, Toast mit Rühreiern, Mangos oder Papayas bestand, nahm ich auf der Terrasse des Hotels *Ave del Paraiso* Platz, in respektvoller Distanz zu dem Vogelbauer, dessen Bewohner, ein prächtiger Ara, bei meiner Annäherung seinen Krummschnabel unter dem Gefieder verbarg, sobald ich mich entfernte aber an den Gitterstäben zu knabbern begann. Ich vervollständigte meine Notizen und schrieb einen Satz in mein Ringbuch, den ich am Vorabend gelesen und, ohne zu wissen warum, mit Ausrufezeichen versehen hatte: »Bis man eines Tages einen Teller abspült, die Vergangenheit einem auf die Schulter tippt und man sich fragt, wie man hierher gelangt ist ...«

Jemand tippte mir von hinten auf die Schulter, und ich drehte mich erschrocken um. Es war der Geschichtsprofessor aus San Salvador, der einen Vortrag über die Urbanisierung Zentralamerikas gehalten hatte – damit war die Globalisierung gemeint. Seine Ausführungen hatten mein Interesse geweckt, weil er die üblichen Klischees vermieden und, statt mit dem Finger auf die US-Administration zu zeigen, an die Eigenverantwortung der Lateinamerikaner appelliert hatte. So habe ausgerechnet Ronald Reagan, ohne es zu wollen, die Demokratisierung des Subkontinents befördert. – Wie das?

»Bekanntlich war Reagan ein überzeugter Antikommunist«, sagte Brignoli – so hieß der Historiker. »Doch anders als Nixon und Kissinger glaubte er an die Demokratie und entzog dem Militärregime in El Salvador die Unterstützung der USA. Damit trug er zur Beendigung des Bürgerkriegs bei und zur Umwandlung des *Frente Farabundo Martí* in eine politische Partei.«

»Haben Sie den Namen Hans Busch schon mal gehört?« – »Und ob. Ein unangenehmer Typ, ideologischer Einpeitscher und doktrinärer Stalinist.« – »In meiner Erinnerung war er unpolitisch und interessierte sich nur für Ornithologie.« – »Mag sein. Fragen Sie seinen Freund Rafael Ángel, der kennt ihn besser als ich. Er hat sein Buch *Birds of Central America* auf Spanisch übersetzt.«

6

Der Regen-, Wolken- und Nebelwald machte seinem Namen Ehre, denn es regnete in Strömen, es goss prasselte schüttete rauschte nieselte tröpfelte ohne Unterlass, kein ergiebiger Landregen, sondern ein von Wetterleuchten, Donner und Blitz skandierter Sturzregen, der mich trotz des Schirms, unter den ich mich duckte, von Kopf bis Fuß durchnässte. Hemd und Hosen waren klamm und feucht, in meinen Schuhen schwappte Wasser, und Rafael Ángel, der neben mir marschierte, ging es genauso, von der Kapuze seines Anoraks troff der Regen ihm ins Gesicht, seine Brille war beschlagen und wirre Haarsträhnen hingen ihm in die Stirn. Rafael sah wie ein Stubengelehrter aus, aber seit ich ihn beim Fußballtraining beobachtet hatte, wusste ich, wie zäh und ausdauernd er war. Dies war mein vorletzter Tag in Costa Rica, und früh am Morgen hatte er mich mit dem Landrover abgeholt, um mir die Naturschönheiten seines Landes zu zeigen. Unterwegs hielten wir vor der Brücke über einen Dschungelfluss, an dessen sandigen Ufern Krokodile dösten, umgaukelt von bunten Schmetterlingen, die ihnen Salz aus den Augenwülsten pickten. Auf einer Flussinsel schlief ein Riesenkaiman neben den Resten seiner Mahlzeit, einem Gummistiefel, der sich als unverdaulich erwies. Illegale Einwanderer aus Nicaragua, wisperte Rafael hinter vorgehaltener Hand, im Volksmund Nicas genannt, hätten versucht, den Grenzfluss zu durchwaten, und das sei das Resultat. Die Ticos hingegen – so hießen die Bürger von Costa Rica – lernten schon in der Schule, die Umwelt zu schonen: »Sogar die Haie stehen bei uns unter Naturschutz!« Und er zeigte auf ein Schaubild mit dem Aufruf, Giftschlangen und Krokodile vor dem Aussterben zu bewahren. *Viajero tico*, stand auf dem Schild, und Rafael, der im Hauptberuf Dichter war, wies mich darauf hin, dass es sich um ein unfreiwilliges Wortspiel handelte: *Viajero tico* oder *viaje erotico* – beide Lesarten waren möglich.

Ich fragte ihn nach Hans Busch, meinem Alter Ego, dessen Standardwerk *Birds of Central America* er ins Spanische übersetzt hatte. »Das war eine Heidenarbeit, fast so schwierig wie der Text von Heidegger, den ich für eine philosophische Zeitschrift übertrug. Ich bin kein Ornithologe, und die Übersetzung wurde elend schlecht bezahlt. Heute wird das Buch in allen Flughäfen verkauft, aber Autor und Übersetzer wurden um die Tantiemen geprellt, der Verlag ging pleite, und ein US-Konsortium erwarb das Copyright für einen Apfel und ein Ei. *Habent sua fata libelli!*«

Das war vormittags, auf der Brücke über den Dschungelfluss, und erst später am Tag, beim Besuch des Vulkans Poás, kam Rafael auf das Thema zurück. Wir standen am Kraterrand, und mir wurde schwindlig beim Blick in den Abgrund, aus dem giftige Dämpfe stiegen, Gas- und Lava-Eruptionen, vor denen Verbotsschilder warnten: »Bis hierher und nicht weiter! Wenn der Krater zu rumoren beginnt, suchen Sie Schutz hinter einer Mauer, pressen Sie sich ein Tuch vor die Nase und kehren Sie auf schnellstem Weg zum Besucherzentrum zurück!«

»An dem Punkt, wo du jetzt stehst, habe ich Hans zuletzt gesehen«, sagte Rafael, ohne dass ich danach gefragt hätte. »Sein Buch war zum Bestseller avanciert, und er war zurückgekommen, um die Tantiemen einzutreiben. Hans gab ein Vermögen für Prozesse aus, aber der Anwalt der Gegenpartei hat ihn ausgetrickst. Er liebte Vulkane, Erdbeben und Revolutionen – das hat er dir sicher gesagt – und bat mich, ihn am Kraterrand zu fotografieren: Doch als ich auf den Auslöser drückte, war er weg. Spurlos verschwunden, als habe der Erdboden ihn verschluckt. Nur seine Sandalen sind auf dem Handyfoto zu sehen, so wie beim Tod des – wie hieß er doch gleich?« – »Empedokles.«

7

Ich hätte abergläubisch werden müssen, denn der Chauffeur, der mich am Flughafen von Managua erwartete, hieß Hannibal wie der Bruder von Hasdrubal, und auf dem Pappschild, das er in die Höhe hielt, hatte er meinen Namen anglisiert: *Hans Bush*. Ich machte ihm klar, dass ich weder ein Ornithologe noch ein Elder Statesman aus den Vereinigten Staaten war und mit Vornamen Juan Cristóbal hieß. »Como las caravelas«, sagte Hannibal. Und obwohl die Karavellen des Kolumbus nicht Christoph, sondern *Santa Maria*, *Pinta* und *Gorda* hießen, verzichtete ich darauf, den Sachverhalt klarzustellen beim Gedanken an die *Klärung eines Sachverhalts* – so die offizielle Begründung für die Festnahme unbescholtener Bürger in der DDR.

»Und was hat das zu bedeuten?«

Ich zeigte auf einen mit Lichterketten dekorierten Alleebaum – eine mit Leuchtkugeln behängte Attrappe, besser gesagt. »Die künstlichen Bäume tragen keine Früchte, aber sie verbrauchen eine Unmenge Strom. Rosario Murillo, die Präsidentengattin, hat sich das Projekt ausgedacht. Sie ist die Bürgermeisterin von Managua und Kulturministerin noch dazu.«

»Und was ist das hier, bitte schön?«

Neben einem Poster des schnurrbärtigen Staatschefs, dessen gereckter Arm dem Volk den Weg in die Zukunft wies, prangte ein überdimensionales Plakat, auf dem ein zerwühltes Bettlaken mit zerknüllten Kissen zu sehen war und der Slogan *Glaube Gemeinschaft Familie*. »Werbung für Viagra«, sagte Hannibal, ohne den Blick von der Fahrbahn zu nehmen. »Seit Präsident Ortega sich mit seinem Erzfeind Bischof Obando y Bravo verbündet hat, ist Abtreibung verboten und Fortpflanzung die erste Bürgerpflicht. Beide gehen dem Volk mit gutem Beispiel voran und setzen uneheliche Kinder in die Welt – Unzucht mit Abhängigen hieß das früher. Schreiben Sie das ruhig, aber nennen Sie meinen Namen nicht!«

Schriftsteller aus allen Ländern Zentralamerikas hatten sich in der katholischen Universität versammelt, dazu ein paar Deutsche, Franzosen und Italiener, nur Julien Berjeaut fehlte, genannt Jul, ein Journalist der Zeitschrift *Charlie Hebdo*, dem die Behörden die Einreise verweigert hatten – aus Sicherheitsgründen, wie es hieß. Der Ausschluss des Ehrengasts gab dem Eintreten für Meinungsfreiheit und gegen Zensur zusätzliche Glaubwürdigkeit, denn Nicaraguas starker Mann war ein Vasall des Iran und Duzfreund von Hugo Chávez und Fidel Castro, dessen Bruder Raul Friedenssignale nach Washington aussandte. Davon war hier nichts zu spüren, im Gegenteil: Moskau und Peking gaben sich in Managua ein Stelldichein, die einen lieferten Kalaschnikows, die anderen Blaupausen für den Bau eines interozeanischen Kanals, mit dem China den USA in die Parade fuhr, und auf Protestplakaten war ein Mann im Mao-Anzug zu sehen, der mit dem Finger auf den Betrachter zeigte mit den Worten: *We want your country!* Dass die Regierung ökologische Bedenken vom Tisch wischte und den chinesischen Investoren grünes Licht gab, versteht sich von selbst. Die Welt hatte sich gedreht, und was einst als unumstößliche Wahrheit gegolten hatte, war heute mehr als zweifelhaft. Vor über zwanzig Jahren war ich auf Einladung des Vizepräsidenten Sergio Ramírez nach Managua gereist, um Solidarität zu demonstrieren und die sandinistische Revolution zu verteidigen gegen von der CIA bewaffnete Contras, die von Honduras aus das Land destabilisierten. Mittlerweile hatten die Revolutionäre der ersten Stunde, Sergio Ramírez und Ernesto Cardenal, sich von Ortegas Regime distanziert, und der Chefredakteur der Zeitung *Barricada*, dessen Verbalradikalismus mich damals irritiert hatte, gab jetzt *La Prensa* heraus, die Zeitung der konservativen Opposition. Dass Fernando Chamorro ein Sohn der konservativen Ex-Präsidentin Violeta Chamorro war und dass, was auch immer geschah, ein Chamorro am Schalthebel der Macht sitzen würde, stand auf einem anderen Blatt. Wir einigten uns darauf, dass wir älter und weiser geworden seien, und nachdem wir mit *Flor de Caña* – so heißt der nicaraguanische Rum – auf das unverhoffte Wiedersehen angestoßen hatten, fragte ich Fernando Chamorro nach Hans Busch.

»Und ob ich den kenne! Die DDR-Staatssicherheit der DDR schickte ihn als Ornithologen getarnt nach Nicaragua, um die Führung der Sandinisten auf Parteilinie zu bringen. Aus Ostberliner Sicht waren wir des Trotzkismus verdächtig. Irgendwann wurde es mir zu viel, und als Hans den Hitler-Stalin-Pakt rechtfertigte, setzte ich ihn vor die Tür.«

»Und wo ist er jetzt?«

Das wisse er nicht, sagte Fernando Chamorro, und als ich hinzufügte, Hans Busch habe beim Pinkeln das Gleichgewicht verloren und sei in den Krater

eines Vulkans gestürzt, bekam er einen Lachanfall
und erzählte die Geschichte des Kaziken Nicarao:
Der habe den Konquistadoren Dávila gefragt, ob die
Spanier im Sturzflug vom Himmel gefallen oder in
Kreisbahnen auf der Erde gelandet seien. »Das war
1523, in Rivas. Wie alle Kaziken glaubte er, die Spanier seien Boten der Götter – Erich von Däniken
lässt grüßen!«

9

Wer bin ich, woher komme ich, wohin gehe ich? Diese
Frage stellte ich mir im Garten des Bougainvillea-
Hotels, aber es war kein innerer Monolog, auch kein
Selbstgespräch, denn ich murmelte die bedeutungs-
schwangeren Sätze halblaut vor mich hin, Auge in
Auge mit einem Leguan, einem lindgrünen Reptil
mit stachliger Halskrause, das reglos am Boden ver-
harrte und seine Hautfarbe der Umgebung anpasste.
Vielleicht war die Echse aus dem Erdmittelalter, die
das Aussterben der Saurier überlebt hatte, ein Jen-
seitsbote, ein gefallener Engel vielleicht, der mir
augenzwinkernd signalisierte, dass er jedes meiner
Worte verstand, bevor er sich unter Farnwedeln ver-
kroch, die vor dem Aufkommen der Blütenpflanzen
Wälder gebildet und die kosmische Katastrophe
überdauert hatten. Ich bog das Farnkraut zur Seite
und las dem fauchenden Reptil aus der Bibel vor, die,
placed by the Gideons, auf dem Nachttisch meines

Hotelzimmers lag. Unter Gideons stellte ich mir zum Christentum bekehrte Trolle vor, die Bibeln in Hotelzimmern hinterließen, und die Stelle aus dem Buch der Prediger, das ich zufällig aufschlug, passte zu der Zeitreise, auf der ich mich befand: »Was geschieht, ist zuvor geschehen, was geschehen wird, ist auch zuvor geschehen, und Gott sucht wieder auf, was vergangen ist.«

Vielleicht war das, was ich vor mir sah, kein Leguan, sondern ein Chamäleon, denn das Reptil wechselte die Farbe von Giftgrün zu Graubraun und verschwand blitzschnell unter dürrem Laub, das kaum hörbar raschelte. In den Tropen gibt es keine jahreszeitlichen Veränderungen, jedes Blatt wächst und grünt, vertrocknet und fällt zu Boden gemäß seiner inneren Uhr. Um mich aus dem Tagtraum zu wecken, gab ich mir eine Ohrfeige, und als ich die Hand zurückzog, war sie blutig: Eine Stechmücke hatte sich auf meiner schweißnassen Haut festgesaugt und mich auf den Boden der Tatsachen zurückgebracht.

10

Einzeln oder in kleinen Gruppen schritten sie durch die Glastür, die sich geräuschlos vor ihnen öffnete und hinter ihnen schloss: Der Verkannte Seite an Seite mit dem Überschätzten, die verkrachte Existenz Arm in Arm mit der nationalen Institution, Dichter und Philosophen aus Ländern, die sonst nur durch Drogenkartelle Schlagzeilen machten, und kritische Intellektuelle aus kolonialen Hinterhöfen, die sich zu Staaten gemausert hatten: Der Erzbischof von Granada, Monsignore Hombach, der nicht müde wurde, die Korruption anzuprangern, neben der grauen Eminenz des Regimes, einem Regierungsberater mit guten Kontakten zur Opposition. Alle und jeder waren miteinander befreundet, verschwistert oder verschwägert, ganz Zentralamerika in eine endlose Sexualorgie verstrickt, und ich sah aus den Augenwinkeln, wie der übergewichtige Lobbyist einen Bittsteller empfing, während eine Serviererin in gestärkter Schürze ihm ein Tablett mit Guacamole unter die Nase hielt – oder war es Ceviche?

»Wir kennen uns aus Haiti«, sagte der Botschafter der Bundesrepublik, der an der Seite seiner Gattin die Gäste willkommen hieß: »Wenn ich mich richtig erinnere, waren wir per du!« Wir traten auf die Terrasse, unter uns die Skyline von Managua, ein am Horizont verschwimmendes Häusermeer. Die Dämmerung ist kurz in den Tropen, und entlang der sternförmig ins Stadtzentrum führenden Avenidas flammten Lichter auf, während die Armenviertel im Dunkel versanken.

»Von Empedokles habe ich schon mal gehört«, meinte die Frau des Botschafters, eine rumänische Kulturwissenschaftlerin. »Aber statt sich kopfüber in den

Abgrund zu stürzen, hat er sich – wie sagt man in Deutsch? – auf Französisch verabschiedet. Ich rede nicht von Empedokles, sondern von Ihrem Freund – sein Name ist mir entfallen!«

»Hans Busch ist nicht mein Freund.«

Ein folkloristisch kostümierter Kellner schob sich zwischen uns, und ich nahm eine mit Shrimps gefüllte Avocadohälfte vom Tablett.

»Wenden Sie sich an Bischof Hombach, der kennt Gott und die Welt!«

Vor drei Jahren hatte ich den Kirchenmann interviewt, aber zum Glück erkannte er mich nicht wieder, denn in meinem Artikel hatte ich Nicaraguas alte Hauptstadt León mit Granada verwechselt – oder umgekehrt.

»Die Anrede Monsignore können Sie sich sparen, Hochwürden ebenfalls«, brummte Hombach. Er sei kein Erzbischof, sondern ein Ex-Bischof. Die Kurie habe ihn vorzeitig in den Ruhestand versetzt: »Oder in den Unruhestand, wie man neuerdings sagt.« Hombach nippte an seinem Drink, Gin Tonic, wie mir schien, aber vielleicht war es auch Seven Up. Von meinem Fast-Namensvetter habe er noch nie gehört, fuhr er fort, denn er habe Deutschland verlassen, als der Sprudel noch Selters hieß und Freddy Quinn die Hitparaden anführte.

»Wenn Sie mehr wissen wollen, fragen Sie diesen Herrn dort!«

Hombach deutete auf den Regierungsberater, der sich mit einer Zeitung Luft zufächelte – es war das Oppositionsblatt *La Prensa*. Schwer atmend stemmte er sich hoch und sank stöhnend in die Polster zurück – sein Übergewicht nagelte ihn auf dem Sofa fest. Jetzt oder nie! Ich fasste mir ein Herz und setzte mich zu der grauen Eminenz, der ich eine Visitenkarte übergab, wahrheitswidrig schwadronierend von meinem besten Freund, der spurlos verschwunden sei. Ob er Genaueres wisse über dessen Verbleib? Der Regierungsberater verstand nur Bahnhof, aber der Name Busch löste einen Erinnerungsschub aus, er lieh sich meinen Kugelschreiber und kritzelte den Ortsnamen *Resolute Bay* auf die Rückseite meiner Visitenkarte.

ULTIMA THULE

1

Von Deception Island nach Resolute Bay ist es ein
weiter Weg, doch nicht viel weiter als die Wander-
routen der Skuas, die jedes Jahr vom Südpolarkreis
zum Nordpolarkreis fliegen und wieder zurück. Deception Island liegt am Schnittpunkt des 63. Grads
südlicher Breite mit dem 60. Grad westlicher Länge
und heißt so, weil der Anblick von Eis starrender
Basaltfelsen alles andere als einladend wirkt. Vermutlich ging ein Robbenjäger namens Bradfield als
erster hier an Land, doch der Name Deception
Island geht auf einen Matrosen aus Nantucket zurück, der 1820 die schmale Einfahrt in die Bucht
durchfuhr und dahinter einen windgeschützten Hafen entdeckte, der auch im Winter eisfrei blieb und
den Robben- und Walfängern sichere Ankerplätze
bot. Der aus Lavasand bestehende Strand ist mit
Walknochen gesprenkelt, und nach dem Verbot der
Robbenjagd und des Walfangs, der durch Ausrottung
der Meeressäuger seine Geschäftsgrundlage unter-
grub, bringen Kreuzfahrtschiffe Touristen hierher,
um Walknochen als Souvenirs mitzunehmen und,
was ebenfalls verboten ist, in der Lagune zu schwim-
men. Die zehn Kilometer breite Bucht war einst eine

Caldera, deren Kraterrand vom Ozean überflutet wurde; ein aktiver Vulkan, dessen Ausbruch die angrenzende Forschungsstation zerstörte, heizt das Seewasser auf und lädt wagemutige Touristen im Eismeer zum Baden ein. 1943 richtete die Royal Navy hier eine Militärbasis ein, um deutschen U-Booten zuvorzukommen, nachdem kurz vor Kriegsbeginn ein aus Nazideutschland entsandtes Forschungsschiff das Schelfeis vermessen und auf dem Wohltat-Gebirge, so benannt nach dem Leiter der Schwabenland-Expedition, die Hakenkreuzflagge gehisst hatte.

2

Resolute Bay heißt eine Meeresbucht im Nordosten Kanadas, bekannt geworden als Ausgangspunkt für Forschungsreisen und Polexpeditionen und benannt nach einem britischen Schiff, das auf der Suche nach der auf der Nordwestpassage verschollenen Franklin-Expedition im Packeis eingeschlossen und von seiner Mannschaft aufgegeben wurde. In Resolute leben 245 Personen, zu achtzig Prozent Eskimos, die sich Inuit nennen und 1953 gegen ihren Willen von Quebec hierher umgesiedelt worden sind; die restlichen Bewohner sind kanadische Militärs, Missionare und Meteorologen, die den Klimawandel erforschen, oder Glaziologen aus den USA, die das schrumpfende Meereis vermessen. Der an der Süd-

küste der Cornwallis-Insel gelegene Ort wird durch
eine Landebahn für Transportflugzeuge in zwei
Hälften geteilt, von denen der Ostteil den Inuit und
ihren Familien, der westliche den Wissenschaftlern
vorbehalten ist – arktische Apartheid, wenn man
so will. Die Siedlung liegt auf 75 Grad nördlicher
Breite und 95 Grad westlicher Länge, und ihr Inuit-
Name heißt Qausuituq, Ort ohne Dämmerung, weil
es im Winter stockdunkel und von Mai bis August
taghell ist; der magnetische Nordpol ist nur 500
Kilometer entfernt. 1947 wurde in Resolute Bay eine
Wetterstation errichtet und im Zuge des Kalten Krieges zum Frühwarnsystem ausgebaut. Von hier aus
schoss das National Research Council of Canada
Forschungsraketen in den erdnahen Raum; ein Ob-
servatorium zum Studium der Sonnenwind-Akti-
vität und ein Testgelände für Marsexpeditionen
kamen hinzu. Im arktischen Sommer legen Kreuzfahrtschiffe an, und jährlich stattfindende Hunde-
schlittenrennen locken Touristen nach Nunavut –
so heißt das Territorium nördlich der Baffin Bay.
Der Abschuss von Eisbären und das Harpunieren von
Beluga-Walen ist nur noch den Eskimos gestattet.
Doch was der Regierung in Ottawa Bauchschmerzen
bereitet, ist nicht bloß der Klimawandel, der die Eis-
kappe schmelzen lässt, sondern auch die Expansions-
politik der Kremlführung, die auf dem Seeboden
am Nordpol die Flagge der russischen Föderation
verankern ließ, um Gebietsansprüche auf die Arktis
anzumelden.

3

Die DC-3 der First Airways setzte unsanft auf und
kam vor einem Hangar zum Stillstand, über dem
die kanadische Fahne flatterte. Ich fühlte mich wie
der verlorene Sohn, der nach Hause zurückkehrt;
was nicht ins biblische Gleichnis passte, war die
Temperatur von unter null Grad. Alles übrige wirkte
vertraut: Der schneidende Wind, der Permafrostboden, in dem man bei Tauwetter bis zu den Knö-
cheln versank, der bleigraue Himmel, die Eisbarriere
am Ufer, wo die Dünung des Polarmeers die Schollen zu bizarren Gebilden ineinanderschob und zu
Eispyramiden türmte, und die spitzen Schreie der
Raubmöwen, die ich als alte Bekannte begrüßte.
Zehntausende Kilometer von hier, am unteren Ende
der Welt, hatte Hans Busch sie mit bloßen Händen
gefangen und beringt, während sie mit messerschar-
fen Schnäbeln seine Unterarme zerfleischten. Statt
der auf Deception Island dösenden Seeelefanten gab
es auf der Wrangel-Insel, jenseits des Pols, Walrösser,
deren eisgraue Schnurrbärte an Bismarck erinnerten,
der sich im Sachsenwald von seinen militärischen
Siegen erholt. Ihre gebogenen Hauer, die nur im
Kampf gegen männliche Rivalen zum Einsatz kommen, passten nicht zum Eisernen Kanzler, und statt
der auf der Südhalbkugel heimischen Pinguine wat-
schelten seltsame Wesen der Gattung Homo sapiens
hier herum. Damit meine ich nicht die bebrillte Be-
amtin der Royal Canadian Police, die einen Stempel
in meinen Pass drückte, auch nicht die Bewohner

der mit fossilen Brennstoffen beheizten Häuser, die aussahen, als stammten sie aus einem Fertigbau-katalog von Ikea, sondern die Ureinwohner dieser Gegend, die am Ende der Eiszeit Eurasien und Nord-amerika besiedelt und die Wände ihrer Höhlen mit Abdrücken ihrer Hände und Umrisszeichnungen wilder Tiere geschmückt hatten. Von der Zivilisation bedrängt, zogen sie sich in den hohen Norden, nach Ultima Thule, zurück und errichteten Iglus, um bei Temperaturen unter dem Gefrierpunkt zu überleben. Die Eskimos hatten den Kajak erfunden, ohne den die Jagd auf Robben und Wale nicht möglich war, und zwei Worte ihrer agglutinierenden Sprache waren auch am Südpol in Gebrauch: Anorak und Nunatak – ich sagte es schon.

4

Der Taxichauffeur sah aus wie Popeye, der Comic-Held, den der Verzehr von Spinat zu unerhörten Hel-dentaten befähigt; nur die Maiskolbenpfeife fehlte. Resolute Bay ist eine nikotinfreie Zone, und statt mit CO-zwei-Emissionen die Atmosphäre aufzuhei-zen, gehen die Polarforscher den Eskimos mit gu-tem Beispiel voran. Der Fahrer trug ein Matrosen-hemd unter seinem Parka, das, wie er stolz erklärte, die Körperwärme nicht austreten und die Kälte nicht eindringen ließ, russisch *Rubaschka* genannt. Unter dem Ringelhemd zeichneten sich seine Brustmuskeln ab, als trainiere er täglich an einer Kraftmaschine. Er hieß Bagration und stammte aus Murmansk, war in Anchorage von einem japanischen Frachter desertiert und hatte sich durchgeschlagen nach Resolute Bay, um hier ein Fitnessstudio aufzumachen. Daraus wurde nichts, weil die zuständige Behörde der Muskelbude die Lizenz entzog – verfluchte Bürokratie! Aber das Taxiunternehmen lief gut, weil es in Resolute keine Teerstraßen gab, nur Reifenspuren, in denen sich Schmelzwasser sammelte, das zu Eispfützen gefror. Niemand ging hier zu Fuß, selbst Jogger trauten sich nicht vor die Tür, zu schweigen von Schulkindern, seit die Regierung nicht nur Eisbären, sondern auch Füchse und Wölfe unter Naturschutz gestellt hatte. Verfluchte Bürokratie!

»Haben Sie den Namen Bram Dejkstra schon mal gehört? Oder Hans Busch?«

Der Fahrer bremste geräuschvoll, befeuchtete den Zeigefinger mit der Zungenspitze und hielt ihn prüfend in die Luft.

»Daher weht der Wind. Mein Riecher hat mich nicht getäuscht, denn ich dachte mir gleich, dass Sie kein gewöhnlicher Tourist, sondern ein gottverdammter Schnüffler sind. Das FBI war schon hier, aber dass Interpol einen Agenten in Marsch setzt, hätte ich nicht gedacht.« – »Und was wissen Sie über die beiden?«

»Ich habe sie gut gekannt – besser, als mir lieb ist. Aber ich werde den Teufel tun und Ihnen die Geschichte unter die Nase reiben. Ich bin schweigsam wie ein Grab. Außer Sie spendieren mir einen Kaffee – es darf auch Whisky oder Wodka sein!«

5

»Kennen Sie die Oper *Zar und Zimmermann?*« Bagration goss sich und mir Kaffee ein, etwas anderes gab es nicht im Resolute Bay Hotel, das in der Sprache der Inuit Qausuituq Inn hieß. Nördlich des Polarkreises wurde kein Schnaps ausgeschenkt, außer man kannte das Küchenpersonal, und die Serviererin, eine Eskimofrau mit Pfannkuchengesicht, hatte nichts gegen Selbstgebrannten, russisch *Samogon*, den Bagration im Kofferraum transportierte – Schnaps im Handschuhfach war verboten.

»Peter der Große studierte Schiffsbau in Rotterdam und führte den Duft der großen weiten Welt in Russland ein. Er schnitt den Bojaren die Bärte ab und stampfte in den Newa-Sümpfen eine Stadt aus dem Boden, deren Hafen das ganze Jahr über schiffbar ist: Sankt Petersburg – na zdorowje!« Bagration füllte meine Kaffeetasse mit Schnaps, von dem ich bis heute nicht weiß, ob es sich um Wodka, Whisky oder Selbstgebrannten handelte – die Wirkung war durchschlagend. Polarbären, nein: Polarforscher rieche er meilenweit gegen den Wind, fuhr er fort und schnäuzte sich kraftvoll die Nase. »Deshalb war mir der Holländer sofort sympathisch, der kürzlich hier eintraf, in Begleitung eines Ostdeutschen mit blondem Bart. Das war am 29. März.« Bagration schenkte sich und mir Alkohol nach. »Die beiden suchten eine Übernachtungsmöglichkeit, und ich empfahl Ihnen eine Bed and Breakfast-Pension, deren Inhaberin Schlittenhunde züchtet und die Nordpolarregion wie ihre Westentasche kennt. Alles Weitere wird Mrs. Mullin Ihnen selbst erzählen!«

6

Beim Verlassen des Hotels blies mir eisiger Wind ins Gesicht – ich dachte an die Ohrfeige, die eine Skua mir auf Deception Island verpasst hatte, und an die unsichtbare Linie zwischen weißen Wohnvierteln und dem Schwarzen-Ghetto in East St. Louis: *You don't want to go there*, hatte Mike Lützeler gesagt, eine höfliche Form des Verbots, das ich ignoriert hatte wie in diesem Augenblick, als ich die Grenze, nein, das Niemandsland zwischen dem Wissenschaftscamp und dem Inuit-Territorium durchschritt und mir die Kapuze des Anoraks über die Ohren zog, an dessen Pelzkragen der Wind zerrte, ächzend unter der Last meines Rucksacks, der ein Spezialzelt enthielt, das sich in wenigen Sekunden von allein aufbaute und, ohne davonzufliegen, Windböen bis zur

Sturmstärke standhielt. Ich war zu Fuß losmarschiert und hatte Bagration im Hotel zurückgelassen, wo er seinen Rausch ausschlief, das langgestreckte Schulhaus vor Augen, dessen Lage er beschrieben und in mein Ringbuch skizziert hatte, zusammen mit der Mobiltelefonnummer von Mrs. Mullin, die am Arctic College unterrichtete. Aber ich hatte kein Handy bei mir, genauer gesagt, ich hatte versäumt, mir am Flughafen in Montreal eine Chipkarte zu kaufen, die auch in Nunavut funktioniert, so heißt Kanadas nördlichste Provinz. Es begann zu schneien, der Wind verwirbelte den fein zerstäubten Schnee, und die Umrisse des Schulhauses verschwanden in einem Whiteout, einem weißen Rauschen, aus dem der heisere Schrei einer Skua zu hören war, vielleicht war es auch das Heulen eines Wolfs oder das Fauchen eines Bären, der sich an meine Fersen geheftet hatte, vergeblich durchwühlte ich die Taschen meines Anoraks auf der Suche nach einer Schneebrille und vergeblich fuhr ich mir mit dem Handrücken über die Stirn. Ringsum war alles in Watte verpackt, nur keine Panik jetzt, dachte ich, als das Fauchen lauter wurde und ein gelbes Augenpaar den Nebel durchstach, offenbar kam der Eisbär nicht von hinten, sondern von vorn, das Monster griff frontal an, und ich hatte keine Waffe zur Hand außer einer Nagelschere, die ich unentdeckt durch die Gepäckkontrolle geschmuggelt hatte. »Was ist los, worauf warten Sie«, rief eine Frauenstimme durch die spaltoffene Tür eines Landrovers, der hupend neben mir hielt, »steigen Sie ein!«

»Hallo Fremder, Sie können von Glück reden, dass ich Sie aufgespürt habe. Bagration rief mich an und sagte, dass Sie wie ein blindes Huhn im Blizzard herumtappen, was heißt hier Blizzard, ein Whiteout kann Minuten, Stunden oder Tage dauern, je nachdem woher der Wind weht, aus Grönland oder Sibirien. Wenn er Sturmstärke erreicht, verfinstert sich die Sonne, und es wird düster wie in der Polarnacht. Aber ich habe mich noch nicht vorgestellt: Mein Name ist Tabitha Mullin, Nordic Ranger und Dozentin am Arctic College – meine Schüler sagen Tabitha zu mir!«

Der Landrover hielt mit quietschenden Bremsen, ein Husky sprang bellend an mir hoch, und eine Windbö knallte die Tür hinter mir zu. Meine Gesichtshaut brannte von mit Staub vermengtem Schnee, den der Sturm mir in Augen und Nasenlöcher blies. Ich hatte keine Ahnung, wo ich mich befand, in der Küche eines Wohnmobils offenbar, das wie eine Schiffsschaukel hin und her schwankte, während der Sturm am geschlossenen Fenster rüttelte. Gehörte der Wohncontainer zum Arctic College oder nicht? Die Frage ließ sich von hier aus nicht beantworten, denn ein grauweißer Vorhang senkte sich über das Land und entzog Fertighäuser und Baracken meinem Blick. Wie von Tabitha angekündigt, wurde es dunkel am hellichten Tag, obwohl die Sonne im Sommer nicht untergeht und erst im August für sechs Monate hinter dem Horizont versinkt.

»Wie wär's mit einem Grog«, fragte Tabitha und wischte meinen schüchternen Hinweis auf das Alkoholverbot mit einer Handbewegung vom Tisch. »Bagration ist ein unheilbarer Alkoholiker«, fuhr sie fort, während sie Gläser spülte und Wasser in einen Tauchsieder goss, »und es ist keine Empfehlung, von ihm empfohlen zu werden. Bagration ist nämlich gar kein Russe. Er ist Tschuktsche, und die Tschuktschen waren und sind Feinde der Eskimos. Cheers!«

»Und Sie – sind Sie Inuit?« Mit Absicht benutzte ich das politisch korrekte Wort.

»Ja und nein. Mein Vater war Ire, meine Mutter eine Eskimofrau. *Fifty-fifty*, genau wie Bagration. Was ihn mit Russland verbindet, ist einzig und allein, dass er für Putin spioniert. – Sehen Sie sich das an!«

Sie wischte ein Guckloch in die feucht beschlagene Scheibe und zeigte nach draußen. Der Wind hatte sich gelegt, der Schnee taute und verlief sich in Rinnsalen am Boden. Die Erde dampfte, ein Feuerball durchstach den milchigen Dunst und stand niedrig über den Bergen im Westen. Oder war es der Osten? Diese Frage hätte nur ein GPS-Gerät beantworten können, weil vom Nordpol aus gesehen der Rest der Welt im Süden liegt.

Ich war hundemüde und hungrig obendrein. Während des Fluges hatte ich kein Auge zugetan, seit der Landung keinen Happen gegessen. Es war gefühlter

Abend, doch draußen war es taghell. Tabitha schien meine Gedanken zu erraten: »Sie sehen müde aus! Es dauert lange, bis der menschliche Organismus sich an den arktischen Sommer gewöhnt. Möchten Sie noch einen Drink – oder lieber eine Pizza?«

»Gibt es denn eine Pizzeria in Resolute Bay?«

»Alles, was wir essen und trinken, wird aus Dawson City eingeflogen – oder aus Yellowknife. Die Pizzeria bin ich.«

Tabitha nahm eine Portion Tiefkühlteig aus dem Gefrierfach und zündete den Propangasherd an. Der Wärmestrom machte mich müde, ich streckte mich auf der Küchenbank aus, und während mir der Duft von Majoran in die Nase stieg, nickte ich ein.

Ich hatte das Zeitgefühl verloren und weiß nicht mehr, ob ich Stunden oder nur Minuten geschlafen habe. Als ich aufwachte, stand ein Teller mit Pizza vor mir. Tabitha hatte sich in ihre Schlafkoje zurückgezogen – Bett ist das falsche Wort dafür. So geräuschlos wie möglich stand ich auf, stopfte mir kalte Pizza in den Mund, schlüpfte in meine Pelzstiefel, die auf der Ofenbank trockneten, und trat vor die Tür. Die Sonne blendete mich; sie stand höher am Himmel als zuvor, und wie ein Apatsche auf dem Kriegspfad, der nach Feinden Ausschau hält, beschattete ich die Augen mit der Hand. Tabithas Husky folgte mir, nein, er lief hechelnd vor mir her und geleitete mich zum Strand. Weiter draußen blinkte die Eisbarriere im Sonnenlicht, aber was ich vor mir sah, war keine Naturszenerie, sondern eine menschliche Hinterlassenschaft: *Archeological Excavation – do not enter!* stand auf einem Schild an einem mit rotweißem Plastikband umzäunten Geröllhaufen, neben dem Vertiefungen in den Boden eingelassen waren. Dunkle Verfärbungen im Erdreich wiesen auf Pfostenlöcher hin, in denen einst Walknochen verankert waren; davor ein schmaler Durchschlupf, eine Art Tunnel, durch den man kriechend in die mit Grassoden gedeckten Hütten gelangte, Wärmedämmung und Schutz vor Eisbären zugleich.

»Frühe Dorset-Kultur, um 1000 vor Christus«, sagte Tabitha, die mir, wie ich erst jetzt bemerkte, diskret gefolgt war. »Damals war das Klima milder als jetzt. In den Geröllhaufen findet man nicht nur Netzbeschwerer und Harpunen, sondern auch fossile Muscheln, die es heute im nördlichen Eismeer nicht mehr gibt.«

Der Wind frischte auf, und gebückt ankämpfend gegen den Schneesturm, liefen wir zum Wohnmobil zurück. Tabitha kochte Kaffee, doch die erwünschte Wirkung blieb aus, und ehe ich sie fragen konnte, ob dies das Frühstück oder das Abendessen war, schlief ich erneut ein. Im Traum erblickte ich einen Hund, der bellend ein Wasserloch umsprang, ein Loch im Eis offenbar, denn im Hintergrund war ein mit Campingausrüstung bepackter Schlitten zu sehen, dessen Plastikplane im Wind flatterte. Der Hund, ein Husky, wie mir schien, schaute mich mit wachen Augen an, als habe er mir etwas mitzuteilen, das nur mich betraf. Das sich nähernde Geräusch eines Helikopters war zu hören, Schatten von Rotoren glitten übers Eis, der Lärm wurde unerträglich, und an diesem Punkt meines Traums wachte ich auf.

»Das war der Genius loci«, meinte Tabitha, nachdem ich ihr meinen Traum erzählt hatte. In der Arktis zu überleben sei nicht möglich, ohne mit Tieren zu kommunizieren. Daran habe sich seit Dorset wenig geändert. »Parapsychologie ist der Fachausdruck dafür – nicht wahr, Kimnik?«

Sie kraulte ihre Hündin, die mit hochgestellten Ohren dem Gespräch gefolgt war, als verstünde sie jedes Wort.

»*Ich* saß in dem Rettungshubschrauber«, fuhr sie fort, während sie die Reste der Pizza an den Hund verfütterte, »und ich habe Kimnik neben dem Wasserloch entdeckt, das den Forschern zum Verhängnis wurde. Huskys können drei Wochen ohne Nahrung auskommen, aber Kimnik war ausgehungert und unterkühlt, als wir sie retteten. Sie harrte Tag und Nacht neben dem Wasserloch aus und hielt Polarbären auf Distanz. Kimnik ist eine Heldin, und ich schicke sie nie wieder aufs Eis!«

»Genau darum wollte ich Sie bitten!«

»Sind Sie lebensmüde? Bram Dejkstra war gerade erst dreißig geworden, als sein Schlitten ins Eis einbrach – Sie sind doppelt so alt! Und Hans Busch starb bei dem Versuch, Bram zu retten.«

»Woher wissen Sie das?«

»Weil ich ihm den Geburtstagskuchen gebacken habe. Wenn Sie mehr wissen wollen, besuchen Sie die Website *Cold Facts* – dort sind Brams Blog und seine Voicemail-Botschaften abrufbar. Wenn Sie trotzdem aufs Eis wollen, reden Sie mit Mr. Aziz. Unser Bürgermeister ist der reichste Mann am Ort, in seinem Büro laufen alle Fäden zusammen. Aber lassen Sie meine Hündin aus dem Spiel!«

7

Cold Facts, 29. März: Ankunft in Resolute Bay.

3. April: Vortrag im Arctic College, erste Probebohrungen auf dem Meereis.

5. April: Die Schlittenhündin Nala ist trächtig, Kimnik springt für sie ein.

6. April: Abmarsch von Resolute Bay mit Übergepäck. Fehlende Routine – die Expedition hat Schwierigkeiten, den richtigen Rhythmus zu finden.

9. April: Kimnik weigert sich, unseren Schlitten zu ziehen. Wir erleichtern die Ladung, verzichten auf überflüssigen Ballast.

11. April: Brams dreißigster Geburtstag. Hans dekoriert das Zelt und wärmt den von Tabitha gebackenen Geburtstagskuchen auf.

14. April: Kimnik bewährt sich. Sie hält Eisbären auf Distanz, zieht den Schlitten und weist uns den Weg durch schwieriges Terrain.

17. April: Der Wind verhindert den Weitermarsch, unser i-Phone gibt den Geist auf, und wir schlagen am gleichen Ort wie gestern unser Lager auf.

22. April: Nachts reißt die Hündin sich los und kriecht, jaulend vor Kälte und Angst, zu uns ins Zelt.

23. April: Schlaflose Nacht, das Eis macht seltsame Geräusche, es knistert und knackt, ächzt und stöhnt. Kimnik bewacht den Schlitten, während Hans Kaffee kocht.

25. April: Nach Erreichen der Grinnell-Halbinsel wird es ungewöhnlich warm, wir ziehen die Anoraks aus und fühlen uns nicht wohl in unserer Haut. Kein Wunder – vor drei Wochen haben wir zuletzt geduscht.

26. April: Statt Schneewehen zu durchqueren, folgen wir auf Skiern den Rissen im Eis. Kimnik zeigt uns den Weg.

27. April: Gestern haben wir 20,5 Kilometer zurückgelegt – ein Rekord, den wir mit Whisky begießen.

28. April: Wir nähern uns Bathurst Island, wo man uns, wenn alles gut geht, am 4. Mai erwartet. Vor uns liegt dünnes Eis, weit draußen, am Horizont, offenes Wasser, aus dem Nebel wallt. Wir biegen nach Norden ab, um das Phänomen genauer in Augenschein zu nehmen. Innerhalb von fünfzehn Minuten wird es so warm, dass ich Jacke und Hose ausziehe und in Unterhosen weiterlaufe. Es sieht weder schön noch sexy aus, ist aber die beste Art, mit der Hitze fertigzuwerden.

Dies war die letzte Botschaft, die Bram Dejkstra über Voicemail gesendet hat. Am nächsten Tag setzte Hans Busch oder er einen Notruf ab. Seitdem fehlt von beiden jede Spur. Drei Tage später sichtete ein Rettungshubschrauber einen von einem Husky bewachten Schlitten an einem Wasserloch, zu dem Fußabdrücke führten, die an der Eiskante abbrachen – von dort gab es keine Spuren zum Schlitten zurück. Wegen schlechten Wetters wurde die Suche ausgesetzt, und wertvolle Zeit verging, bis Marinetaucher unter dem Eis Bram Dejkstras Leichnam bargen, der von Gerichtsmedizinern in Ottawa identifiziert und der Botschaft der Nieder-

lande überstellt wurde. Hans Busch blieb unauffind-
bar.

»Er war ein engagierter Forscher, ein romantisch inspirierter und motivierter Mensch, der sich in die
Polargebiete verliebt hatte und ihre wilde Schönheit
vor der Zerstörung retten wollte«, schreibt die von
Bram Dejkstra begründete Website *Cold Facts* und
bittet darum, mit Rücksicht auf die Hinterbliebenen
weitere Spekulationen zu unterlassen.

»Im Zuge des Klimawandels erwärmt die Arktis sich
schneller als jeder andere Ort«, stellt das National
Research Council in seinem Abschlussbericht fest.
Doch Kenner der Nordpolregion wie Jerry Kobalenko
und Yasunaga Ogita weisen darauf hin, dass die
Polynjas genannten Wasserlöcher zwischen Kanada
und Grönland nicht durch globale Erwärmung verursacht werden, sondern durch Meeresströme unter-
schiedlicher Temperatur.

8

»Ich hatte Sie früher erwartet«, sagte Aziz Kheraj.
»Jeder Polarforscher kommt früher oder später zu
mir, obwohl meine lieben Mitbürger alles tun, um
ihn oder sie zu vergraulen.«

»Mrs. Mullin gab mir Ihre Handynummer. Sie meint, Sie könnten mir weiterhelfen.«

»Wie alle Eskimos hat Tabitha bei der Bürgermeisterwahl gegen mich gestimmt. Dabei ist sie ein Halbblut!«

»Und Sie – wer oder was sind Sie?«

»Vor vierzig Jahren kam ich mit einem Startkapital von hundert Dollar nach Toronto, und heute bin ich der reichste Mann von ganz Nunavut. Haben Sie schon mal was von Aga Khan gehört? Meine Familie stammt aus Pakistan, aber aufgewachsen bin ich in Sansibar. Was kann ich für Sie tun?«

Eine Sekretärin servierte Kaffee, diesmal ohne Alkohol. Aziz kratzte sich am Kinn, und ich fragte mich, ob sein Dreitagebart ein Tribut an die Männermode oder eine Folge des Lebens am Polarkreis war.

Mit Tabitha habe er schon oft die Klingen gekreuzt, fuhr er fort, nachdem ich ihm mein Vorhaben geschildert hatte. Sie werfe ihm vor, nicht genug für die Inuit-Familien und für den Schutz der Umwelt zu tun. Und Bagration sei sauer auf ihn, weil er sein Fitnesscenter geschlossen und ihm die Freundin ausgespannt habe.

»Idlout ist meine rechte Hand«, fügte er hinzu, während die Sekretärin das Büro verließ. Ohne ihre Hilfe hätte man ihn nie zum Bürgermeister gewählt. Sie leite das *South Camp Inn* und rüste Nordpolexpeditionen aus.

»Wenn ich Sie richtig verstehe, wollen Sie den Unfallort mit eigenen Augen sehen – wieso und warum interessiert mich nicht. Mit dem Hundeschlitten sind Sie zwei Wochen dorthin unterwegs, im Hubschrauber nur zwei Stunden. Beides kostet Sie ein Vermögen!«

Das Telefon klingelte, und Aziz nahm den Hörer ab. Er murmelte einen Fluch in Inuktitut, der Sprache der Eskimos, und legte die Hand auf die Sprechmuschel. »Tabitha ist am Apparat. Sie stellt Ihnen ihren Husky zur Verfügung. Die Hündin heißt Kimnik und riecht Risse und Löcher im Eis. Wollen Sie selbst mit ihr sprechen?«

NACHSPANN

Arktisforscher im eisigen Wasser vermutlich ertrunken

Bram Dejkstra war zufrieden. »Wir sind völlig erschöpft, aber es war ein guter Tag«, sagte der Dreißigjährige in seiner letzten Audiobotschaft ans Büro der Forschungsorganisation *Cold Facts*. Im arktischen Norden Kanadas sei es viel zu warm gewesen. »Ich lief in Unterhosen Ski«, erzählte er gutgelaunt.

Es war Montag, der 27. April. Am nächsten Tag wollte der Holländer mit Hans Busch, seinem ostdeutschen Freund, weiter in Richtung Nordosten: »Ich glaube, vor uns liegt dünnes Eis. Das ist sehr interessant.« Der Klimawandel war das große Thema der Forscher. Er wurde beiden zum Verhängnis.

Nur Kimnik überlebte. Die Husky-Hündin hatte die Männer auf ihrem Weg durchs Eis begleitet. Sie bewegten sich auf Skiern vorwärts, jeder zog einen schwimmfähigen Schlitten hinter sich her. Kimniks Aufgabe war, Polarbären fernzuhalten. Die Hündin gehörte einem Ranger aus Resolute Bay, dem Ausgangspunkt der Expedition. Sie blieb auf dem Eis sitzen, als das vermutete Unglück geschah.

In der Nacht zum 29. April wurde ein automatischer Notruf gesendet. Das Signal übermittelte die Position des Absenders, scheint aber manuell ausgelöst worden zu sein. »Einer von beiden muss noch gelebt haben, als der Notruf einging«, meint *Cold-Facts*-Sprecherin Mariëlle Feenstra in Amsterdam.

Stunden später kreiste ein Suchflugzeug über dem Meer. Ein Schlitten trieb im Wasser, zusammen mit Expeditionsausrüstung. Der andere stand unausgepackt auf dem Eis. Fußspuren führten zu einer Kante, an der das Eis abbrach. Von der Kante wegführende Spuren gab es nicht.

Neben den Spuren saß Kimnik. Erst am 2. Mai gelang es einem Hubschrauber, den Husky an Bord zu nehmen. Das Wetter war unbeständig, das Eis zu brüchig, um Helfer abzusetzen. *Cold Facts* teilte mit, der Hündin gehe es gut, aber sie sei ausgehungert gewesen: »Wir danken Kimnik für ihre aufopferungsvolle Arbeit.«

Für Wim Hofstra, Dejkstras arktiserprobten Freund, ist alles klar: Am wahrscheinlichsten sei, dass einer von beiden ins Eis einbrach, der andere ihn habe retten wollen und dabei ums Leben kam. In diesem Jahr sei das Klima in der Arktis viel zu mild: »Es gab offenes Wasser. Beide wussten, wie gefährlich das ist.«

Bram Dejkstra kennt die Arktis seit 2009. Damals scheiterte er beim Versuch, den geographischen Nordpol zu erreichen, doch im Jahr darauf schaffte er es. Seitdem nahm er mehrfach an Arktisexpeditionen teil, bei denen es vor allem um eins ging: Auf die globale Erwärmung hinzuweisen, um deren Folgen besser einschätzen zu können.

Im Jahr 2010 gründete er *Cold Facts* mit dem Ziel, Daten über den Klimawandel zu sammeln. Wenn Bram Dejkstra nicht in Polargebieten unterwegs war, tourte er um die Welt, um Politiker, Unternehmer und Wissenschaftler zu überreden, mehr gegen die Erderwärmung zu tun. Dejkstra nannte die Nordpolregion die schönste Landschaft der Welt. »Was für ein Privileg«, schrieb er vor dem Aufbruch zu seiner letzten Reise: »Hans und ich gehen los und genießen jeden Schritt auf dem Weg.« Das Eis ließ ihn nicht los. Bis zuletzt.

© Frankfurter Verlagsanstalt GmbH,
Frankfurt am Main 2016
Alle Rechte vorbehalten
Lektorat: © Frankfurter Verlagsanstalt GmbH
Herstellung und Umschlaggestaltung: Laura J Gerlach
Unter Verwendung eines Umschlagmotivs
von Caspar David Friedrich, *Das Eismeer oder
die gescheiterte Hoffnung* (1824)
Satz: psb, Berlin
Druck und Bindung: GGP Media GmbH, Pößneck
Printed in Germany
ISBN 978-3-627-00230-5